Translated Language Learning

Les Aventures d'Alice au Pays des Merveilles

Приключенията на Алиса в страната на чудесата

Lewis Carroll

Луис Карол

Français / Български

Published by Tranzlaty
ISBN: 978-1-83566-801-6
Original text: Alice's Adventures in Wonderland
by Lewis Carroll (1865)
Abridged by Sam'l Gabriel Sons (1916)
www.tranzlaty.com

Dans le Terrier du Lapin
Надолу по заешката дупка

Alice commençait à être très fatiguée

Алис започна да се уморява много

Elle était assise à côté de sa sœur sur le talus d'herbe

Тя седеше до сестра си на тревния бряг

Mais elle n'avait rien à faire

Но тя нямаше какво да прави

Sa sœur lisait un livre

сестра й четеше книга

une ou deux fois, Alice jeta un coup d'œil dans le livre

веднъж или два пъти Алис надникна в книгата

Mais le livre ne contenait ni images ni conversations

Но в книгата нямаше снимки или разговори

« À quoi sert un livre sans images ? » pensa Alice

"Каква полза от книга без картинки?" – помисли си Алиса

« Pourquoi un livre n'aurait-il pas de conversations ? »

"Защо една книга няма разговори?"

Mais elle avait d'autres choses à considérer

но имаше други неща за обмисляне

« Faire une chaîne de marguerites serait un plaisir »
"Правенето на верига от маргаритки би било удоволствие"
« Mais cela vaut-il la peine de se lever et de cueillir les
marguerites ?? »
— Но струва ли си усилията да станеш и да береш
маргаритки?
Ce n'était pas si facile d'y penser
Не беше толкова лесно да се мисли за това
parce que la journée la rendait somnolente et stupide
защото денят я караше да се чувства сънлива и глупава
Mais soudain, ses pensées s'interrompirent
но изведнъж мислите й бяха прекъснати
un lapin blanc aux yeux roses courait près d'elle
Бял заек с розови очи тича близо до нея

Il n'y avait rien de trop remarquable chez le lapin
Нямаше нищо прекалено забележително в заека
et Alice ne trouvait pas non plus le lapin remarquable
и Алиса също не смяташе, че заекът е забележителен
elle ne s'étonna pas non plus quand le Lapin parla
нито пък я изненада, когато Заекът проговори

« Oh mon Dieu ! Je serai trop tard ! se dit-il

— О, скъпа! Ще закъснея! — каза си той

mais alors le Lapin a fait quelque chose que les lapins n'ont pas fait

но след това Заекът направи нещо, което зайците не направиха

le Lapin tira une montre de la poche de son gilet

Заекът извади часовник от джоба на жилетката си

Il regarda l'heure puis se hâta

Той погледна времето и забърза напред

Alice se leva, stupéfaite

Алиса се изправи на крака, изумена

Elle n'avait jamais vu un lapin avec un gilet auparavant !

Никога преди не беше виждала заек с жилетка!

elle n'avait jamais vu non plus de lapin avec une montre !

нито пък някога беше виждала заек с часовник!

Alice brûlait d'une nouvelle curiosité

Алиса гореше от ново любопитство

et elle courut à travers le champ après le Lapin

и тя хукна през полето след Заека

Elle était juste à temps pour voir le lapin disparaître

Тя беше точно навреме да види как заекът изчезва

Le lapin sauta dans un grand terrier de lapin

Заекът скочи в голяма заешка дупка

Un instant plus tard, Alice s'est mise à courir après le lapin !

След миг Алиса падна след заека!

Le terrier du lapin continuait tout droit comme un tunnel

Заешката дупка вървеше право като тунел

Et le tunnel a continué à avancer sur une certaine distance

и тунелът продължи известно разстояние

Et puis le chemin s'est soudainement incliné

И тогава пътеката изведнъж се спусна надолу

Alice n'eut pas un instant pour songer à s'arrêter

Алиса нямаше нито миг да помисли да спре

Elle s'est retrouvée à tomber et à tomber

Тя се озова да пада надолу и надолу, и надолу

Il semblait qu'elle était tombée dans un puits très profond

изглеждаше, че е паднала в много дълбок кладенец
Ou le puits était très profond, ou bien elle tombait très lentement
Или кладенецът беше много дълбок, или тя падаше много бавно
parce qu'elle avait tout le temps de tomber
защото имаше достатъчно време да падне
alors qu'elle tombait, elle pouvait regarder tout autour d'elle
докато падаше, можеше да се огледа наоколо
D'abord, elle a essayé de comprendre où elle allait
Първо се опита да разбере къде отива
mais le puits était trop sombre pour voir quoi que ce soit
но кладенецът беше твърде тъмен, за да се види нещо
Puis elle regarda les côtés du puits
След това погледна стените на кладенеца
Et elle remarqua qu'il y avait des placards tout autour d'elle
и забеляза, че навсякъде около нея има шкафове
et tout autour du puits il y avait des étagères de livres
а навсякъде около кладенеца имаше рафтове с книги
Çà et là, elle voyait des cartes et des tableaux accrochés à des piquets
тук-там виждаше карти и картини, окачени на колчета
En passant, elle prit un bocal sur l'une des étagères
Тя свали буркан от един от рафтовете, докато минаваше покрай него
Le pot a été étiqueté pour son contenu
бурканът е етикетиран заради съдържанието си
« MARMELADE D'ORANGES »
"МАРМАЛАД ОТ ПОРТОКАЛИ"
Mais, à sa grande déception, le pot de marmelade était vide
но за нейно голямо разочарование бурканът с мармалад беше празен
Elle ne voulait pas laisser tomber le pot de marmelade vide
Тя не искаше да изпусне празния буркан с мармалад
et sa chute fut très lente
и падането й беше много бавно
Elle a donc réussi à mettre le pot de marmelade dans l'un des

placards

Така че тя успя да постави буркана с мармалад в един от шкафовете

Tombée, descendue, tombée !

Надолу, надолу, надолу тя пада!

La chute prendrait-elle fin ?

Дали падението някога ще приключи?

Il n'y avait rien d'autre à faire

Нямаше какво друго да се направи

alors Alice commença bientôt à se parler à elle-même

така че Алис скоро започна да говори сама на себе си

« Je vais beaucoup manquer à Dinah ce soir, je pense ! »

— Струва ми се, че много ще липсвам на Дина тази вечер!

Dinah était le chat d'Alice

Дина беше котката на Алис

« J'espère qu'ils se souviendront de sa soucoupe de lait à l'heure du thé »

— Надявам се, че ще си спомнят чинийката с мляко по време на чай.

« Dinah, ma chère, je voudrais que tu sois ici avec moi ! »

— Дина, скъпа моя, иска ми се да си тук долу с мен!

Alice sentit qu'elle s'assoupissait

Алиса почувства, че дреме

Et puis soudain, bruit sourd ! bourrade!

И след това изведнъж туп! Туп!

Elle tomba sur un tas de bâtons

Надолу тя падна върху купчина пръчки

et elle atterrit sur un tas de feuilles sèches

и тя кацна на купчина сухи листа

et enfin la longue chute dans le trou était terminée

и накрая дългото падане в дупката приключи

Alice n'était pas du tout blessée

Алиса не беше ни най-малко наранена

Et elle se leva d'un bond au bout d'un instant

и тя скочи за миг

Elle leva les yeux, mais il faisait noir au-dessus de sa tête

Тя вдигна поглед, но всичко беше тъмно над главата му

Devant elle se trouvait un autre long couloir
пред нея имаше друг дълъг коридор
et le Lapin Blanc était toujours en vue
а Белият заек все още се виждаше
Il se hâtait dans le couloir
Той бързаше по коридора
Il n'y avait pas un instant à perdre
Нямаше нито миг за губене
Alice s'enfuit comme le vent
Алиса побягна като вятъра.
Au coin de la rue, le lapin s'est retourné
Зад ъгъла се обърна заекът
Elle était juste à temps pour entendre le lapin
Тя беше точно навреме да чуе заека
« "Oh, mes oreilles et mes moustaches »
"О, ушите и мустаците ми"
« Comme il est tard ! »
— Колко късно става!
Elle était tout près derrière le lapin
Тя беше близо до заека
Elle tourna au détour d'un autre coin
Тя се обърна зад друг ъгъл
mais le Lapin n'était plus visible
но Заекът вече не се виждаше
Elle se retrouva dans une longue salle basse
Тя се озова в дълга, ниска зала
La salle était éclairée par une rangée de plafonniers
Залата беше осветена от редица тавани лампи
Il y avait des portes tout autour de la salle
Имаше врати из цялата зала
mais toutes les portes étaient fermées à clé
Но всички врати бяха заключени
Elle marcha tout le long d'un côté de la salle
Тя вървеше по целия път от едната страна на коридора
et elle avait fait tout le chemin de l'autre côté de la salle
и беше извървяла целия край на коридора
Elle avait essayé toutes les portes

Беше опитала всяка врата
et elle marchait tristement au milieu de la salle
и тя тръгна тъжно по средата на коридора
« Comment vais-je jamais en sortir ? »
— Как ще изляза отново?

Tout à coup, elle tomba sur une petite table
Изведнъж тя се натъкна на малка масичка
La table était entièrement en verre massif
масата беше направена изцяло от масивно стъкло
Il n'y avait rien sur la table à part une petite clé dorée
На масата нямаше нищо освен малък златен ключ
La clé pourrait appartenir à l'une des portes !
ключът може да принадлежи на някоя от вратите!
Mais, hélas ! Certaines serrures étaient trop grandes pour les clés
но, уви! Някои от ключалките бяха твърде големи за ключовете
et pour les autres serrures, la clé était trop petite

а за другите ключалки ключът беше твърде малък
mais, en tout cas, la clef n'ouvrit aucune des portes
но във всеки случай ключът не отвори нито една от вратите
Mais que devait-elle faire ?
Но какво трябваше да прави?
Elle traversa de nouveau le couloir
Тя отново мина през коридора
et cette fois, elle remarqua un rideau bas
и този път забеляза ниска завеса
Derrière le rideau se trouvait une petite porte
зад завесата имаше малка врата
La porte avait une quinzaine de pouces de haut
вратата беше висока около петнадесет инча
Elle essaya la petite clé dorée dans la serrure
Тя опита малкия златен ключ в ключалката
Et à sa grande joie, la clé s'est glissée dans la serrure !
и за нейна голяма радост ключът се побра в ключалката!
Alice ouvrit la porte
Алис отвори вратата
et elle trouva la porte qui donnait sur un petit couloir
и намери вратата, водеща към малък коридор
Le couloir n'était pas beaucoup plus grand qu'un trou à rats
коридорът не беше много по-голям от дупка за плъхове
Elle s'agenouilla et regarda le long du couloir
Тя коленичи и погледна по коридора
et elle a vu le plus beau jardin que vous ayez jamais vu
И тя видя най-прекрасната градина, която някога сте виждали
comme elle avait envie de sortir de cette salle sombre
Как копнееше да излезе от тази тъмна зала
comme elle voulait se promener parmi ces fleurs lumineuses
как й се искаше да се скита сред тези ярки цветя
Comme ces fontaines avaient l'air cool et rafraîchissantes
Колко готино освежаващи изглеждаха тези фонтани
Mais elle ne pouvait même pas passer la tête par la porte
но тя дори не можа да прокара главата си през вратата

— Oh ! dit Alice d'un ton lugubre

— О, — каза Алиса тъжно

comme je voudrais pouvoir me plier comme un télescope !

— Как ми се иска да можех да се сгъна като телескоп!

« Je pense que je pourrais me plier comme un télescope »

"Мисля, че мога да се сгъна като телескоп"

« Si seulement je savais par où commencer »

"Само ако знаех как да започна"

Alice retourna à la table

Алиса се върна на масата

Il y avait la chance de trouver une autre clé

имаше шанс да намеря друг ключ

Ou il pourrait y avoir un livre de règles

или може да има книга с правила

Le livre pourrait lui apprendre à se plier comme un télescope

Книгата може да й каже как да се сгъне като телескоп

Cette fois, elle trouva une petite bouteille

Този път тя намери малко шишенце

« cette bouteille n'était certainement pas là auparavant, » dit Alice

— Тази бутилка със сигурност не е била тук преди — каза Алис

et autour du goulot de la bouteille était attachée une étiquette en papier

а около гърлото на бутилката беше завързан хартиен етикет

L'étiquette était magnifiquement imprimée en grandes lettres

Етикетът беше красиво отпечатан с големи букви

« BOIS-MOI »

"ПИЙ МЕ"

« Non, je vais regarder d'abord », a-t-elle dit

— Не, първо ще погледна — каза тя

« Je vais voir si la bouteille est marquée comme toxique ou non, »

— Ще видя дали бутилката е маркирана като отровна или не.

Parce qu'elle n'a jamais oublié la leçon sur le poison

защото никога не е забравила урока за отровата

« Si une bouteille est étiquetée comme toxique, elle est forcément en désaccord avec vous »

"Ако бутилката е етикетирана като отровна, тя със сигурност няма да се съгласи с вас"

Cependant, cette bouteille n'a pas été marquée comme toxique

Тази бутилка обаче не беше маркирана като отровна

alors Alice se hasarda à goûter le contenu de la bouteille

така че Алиса се осмели да опита съдържанието на бутилката

Elle trouva le liquide tout à fait à son goût

Тя намери течността за много подходяща за нея

La boisson avait une sorte de saveur mélangée

Напитката имаше нещо като смесен вкус

tarte aux cerises, crème pâtissière et ananas

Черешов тарт, крем и ананас

Rôtir la dinde, le caramel et le pain grillé au beurre chaud

печена пуйка, карамел и препечен хляб с горещо масло

et elle finit bientôt la bouteille

и скоро тя допи бутилката

« Quelle curieuse sensation ! » dit Alice

— Какво странно чувство! — каза Алиса

« Je me plie comme un télescope ! »

"Сгъвам се като телескоп!"

Et elle se repliait comme un télescope !

И тя наистина се сгъваше като телескоп!

Elle n'avait plus que dix pouces de haut

Сега тя беше висока само десет инча

et son visage s'éclaira à ses pensées

и лицето й се озари от мислите й

Maintenant, elle était de la bonne taille pour la petite porte

сега тя беше с правилния размер за малката врата

Maintenant, elle pouvait aller dans ce joli jardin

Сега можеше да влезе в онази прекрасна градина

Bientôt, elle a cessé de devenir plus petite

скоро тя спря да става по-малка
Elle décida d'aller tout de suite dans le jardin
Тя реши веднага да отиде в градината
mais, hélas pour la pauvre Alice !
но, уви за бедната Алиса!
Elle arriva à la porte
Стигна до вратата
Mais elle avait oublié la petite clé d'or
но беше забравила малкия златен ключ
Elle retourna à la table pour prendre la clé
Тя се върна на масата за ключа
Mais elle s'aperçut qu'elle ne pouvait pas atteindre assez haut
но откри, че не може да стигне достатъчно високо
Elle pouvait voir la clé très distinctement à travers la vitre
Тя можеше да види ключа съвсем ясно през стъклото
Elle essaya de grimper sur les pieds de la table
Тя се опита да се покатери по краката на масата
Mais le verre était beaucoup trop glissant
но стъклото беше твърде хлъзгаво
Finalement, elle s'est fatiguée à essayer
В крайна сметка се умори да се опитва
et la pauvre petite fille s'assit et pleura
а горкото момиченце седна и заплака
Alice se parlait à elle-même assez vivement
Алиса заговори на себе си доста остро
« Allons, ça ne sert à rien de pleurer comme ça ! »
— Хайде, няма смисъл да плачеш така!
« Je vous conseille d'arrêter tout de suite ! »
"Съветвам ви да спрете точно сега!"
Elle se donnait généralement de très bons conseils
Като цяло тя си даваше много добри съвети
bien qu'elle suivît très rarement ses propres conseils
въпреки че много рядко следваше собствените си съвети
Et elle était parfois trop dure envers elle-même
и понякога беше твърде сурова към себе си
et ses paroles lui firent monter les larmes aux yeux

и думите й предизвикаха сълзи в очите й.

Bientôt, son regard tomba sur une petite boîte en verre

Скоро погледът й падна върху малка стъклена кутия

La petite boîte de verre était posée sous la table

Малката стъклена кутия лежеше под масата

Dans la boîte en verre se trouvait un tout petit gâteau

В стъклената кутия имаше много малка торта

Sur le gâteau, quelques mots étaient magnifiquement écrits

на тортата бяха красиво написани няколко думи

les mots avaient été marqués dans des groseilles

Думите бяха отбелязани в касис

« MANGE-MOI »

"ИЗЯЖ МЕ"

« Eh bien, je vais manger le gâteau », dit Alice

— Е, ще изям тортата — каза Алиса

« et si le gâteau me fait grossir, je peux atteindre la clé »

"И ако тортата ме накара да стана по-голям, мога да стигна до ключа"

« et si le gâteau me fait rapetisser, je peux me glisser sous la porte »

"И ако тортата ме накара да стана по-малка, мога да се промъкна под вратата"

« Donc, de toute façon, j'irai dans le jardin »

"Така че така или иначе ще вляза в градината"

« Et peu m'importe lequel des deux arrive ! »

— И не ме интересува кое от двете ще се случи!

Elle a mangé un peu du gâteau

Тя изяде малко от тортата

et elle se parla anxieusement à elle-même :

и тя разтревожено си каза:

« Dans quel sens ? Dans quel sens ?

— Накъде? Накъде?

et elle posa la main sur sa tête

и тя държеше ръката си на главата си

Elle voulait sentir de quelle façon elle grandissait

Искаше да почувства по какъв начин расте

Elle fut très surprise de découvrir ce qui s'était passé

Тя беше доста изненадана да разбере какво се е случило
Elle était restée de la même taille !
Тя беше останала със същия размер!
Cette fois, elle redoubla donc d'efforts
Така че този път тя удвои усилията си
Et bientôt, elle termina tout le gâteau
и скоро тя довърши цялата торта

La mare de larmes

Локвата от сълзи

« Cela devient de plus en plus intéressant ! » s'écria Alice

— Става все по-интересно! — извика Алиса

Vous pouvez voir qu'elle était très surprise

Можете да видите, че тя беше много изненадана

« Je m'ouvre comme le plus grand télescope qui ait jamais existé ! »

"Отварям се като най-големия телескоп, който някога е имало!"

« Au revoir, les pieds ! Oh, mes pauvres petits pieds"

— Довиждане, крака! О, горките ми малки крачета"

« Je me demande qui va vous mettre vos chaussures maintenant, mes chères ? »

— Чудя се кой ще ви обуе обувките сега, скъпи?

et je me demande qui mettra vos bas ?

— И се чудя кой ще ти сложи чорапи?

« Je serai beaucoup trop loin »

"Ще бъда твърде далеч"

« Je ne pourrai plus me soucier de toi »

"Няма да мога повече да се занимавам с теб"

Juste à ce moment, sa tête heurta quelque chose

Точно в този момент главата й се удари в нещо

Elle avait atteint le toit de la salle

Беше стигнала до покрива на залата

En fait, elle mesurait maintenant plus de deux mètres

всъщност сега тя беше висока повече от два метра

et elle prit aussitôt la petite clef d'or

и тя веднага взе малкия златен ключ

et elle se précipita vers la porte du jardin

и тя побърза към вратата на градината

Pauvre Alice ! Il n'y avait pas grand-chose qu'elle pouvait faire

Горката Алиса! Нямаше какво да направи

Elle s'allongea sur le côté

Тя легна на една страна

et elle regarda d'un œil dans le jardin

и тя погледна в градината с едно око

Mais s'en sortir était plus désespéré que jamais

Но да се справя беше по-безнадеждно от всякога

Elle s'est assise et a recommencé à pleurer

Тя седна и отново започна да плаче

Elle a continué à verser des litres de larmes

Тя продължи да пролива галони сълзи

Bientôt, il y eut une grande flaque tout autour d'elle

скоро около нея имаше голям басейн

et l'eau atteignait la moitié du couloir

и водата стигна до средата на коридора

Au bout d'un moment, elle entendit un petit claquement de pieds

След известно време тя чу леко тропане на краката

Elle entendit les pas venir de loin

Тя чу краката да идват отдалеч

et elle s'essuya vivement les yeux pour voir ce qui allait arriver

и тя бързо избърса очите си, за да види какво предстои

C'était le retour du Lapin Blanc

Завръщането на Белия заек

Il était magnifiquement vêtu

той беше великолепно облечен

Il avait une paire de gants blancs dans une main

Той държеше чифт бели ръкавици в едната ръка

et il avait un grand éventail de plumes dans l'autre main

а в другата ръка имаше голям ветрило от пера

Il arriva en trottinant en toute hâte

Той вървеше в тръс с голяма бързина

et il murmura en lui-même : « Oh ! la duchesse, la duchesse !

и промърмори на себе си: "О! херцогинята, херцогинята!"

« Ah ! ne serait-elle pas sauvage si je l'ai fait attendre !

— О! няма ли да бъде дива, ако я накарам да чака!

Quand le Lapin s'approcha d'elle, Alice prit la parole

Когато Заекът се приближи до нея, Алиса заговори

Mais elle parlait d'une voix basse et timide

но тя говореше с нисък, плах глас

« Monsieur, s'il vous plaît, arrêtez ce que vous faites un instant »

"Сър, моля, спрете това, което правите за момент"

Le Lapin sursauta violemment

Заекът се стресна силно

Il laissa tomber les gants blancs et l'éventail de plumes

Той пусна белите ръкавици и ветрилото с пера

et il s'enfuit dans les ténèbres aussi vite qu'il le put

и той се втурна в мрака колкото може по-бързо

Alice ramassa l'éventail en plumes et les gants

Алиса вдигна ветрилото и ръкавиците

Et elle n'arrêtait pas de s'éventer tout en parlant

и тя продължаваше да се вее, докато продължаваше да говори

« Cher, cher ! Comme tout est étrange aujourd'hui !

— Скъпа, скъпа! Колко странно е всичко днес!"

« Hier, les choses se sont passées comme d'habitude »

"Вчера нещата вървяха както обикновено"

« Étais-je le même quand je me suis levé ce matin ? »

— Същият ли бях, когато станах тази сутрин?

« Mais si je ne suis pas le même, il y a une autre question »

"Но ако не съм същият, има друг въпрос"

« Qui suis-je ? »

"Кой съм аз?"

« Ah, c'est le grand casse-tête ! »

"О, това е страхотният пъзел!"

En disant cela, elle baissa les yeux sur ses mains

Докато каза това, тя погледна надолу към ръцете си

Elle portait l'un des petits gants blancs du lapin

Тя носеше една от белите ръкавици на зайците

Elle n'avait pas remarqué qu'elle avait mis le gant en parlant

Не беше забелязала, че си сложи ръкавицата, докато говореше

« Comment ai-je pu faire cela ? » a-t-elle pensé

"Как можех да направя това?" помисли си тя

« Je dois redevenir petit »

"Трябва отново да съм малък"

Elle se leva et s'approcha de la table pour mesurer sa taille

Тя стана и отиде до масата, за да измери височината си

Elle a découvert qu'elle mesurait maintenant environ un demi-mètre

Тя открила, че сега е висока около половин метър

et elle rétrécissait encore rapidement

и тя все още се свиваше бързо

Elle découvrit rapidement quelle était la cause de ce rétrécissement

Скоро тя разбра каква е причината за свиването

L'éventail de plumes la rendait encore plus petite !

ветрилото на перата я правеше отново по-малка!

et elle laissa tomber l'éventail de plumes à la hâte

и тя бързо пусна ветрилото с пера

Elle laissa tomber l'éventail de plumes juste à temps pour se sauver

Тя пусна ветрилото с пера точно навреме, за да се спаси
Si elle s'était éventée plus longtemps, elle se serait complètement retirée
Ако се беше развеяла повече, щеше да се свие напълно
« C'était une échappatoire de justesse ! » dit Alice
— Това беше косъм да се измъкне! — каза Алиса
et elle fut bien effrayée de ce changement soudain
и тя беше много уплашена от внезапната промяна
mais elle était très heureuse de se trouver encore en existence
но тя беше много щастлива, че все още съществува
« Et maintenant, en route pour le jardin ! »
— А сега към градината!
Et elle courut à toute vitesse vers la petite porte
И тя се затича с пълна скорост обратно към малката врата
Mais, hélas ! La petite porte fut refermée
но, уви! Малката врата отново се затвори
et la petite clé d'or était de nouveau posée sur la table de verre
и малкият златен ключ отново лежеше на стъклената маса
« Les choses sont pires que jamais », pensa le pauvre enfant
"Нещата са по-лоши от всякога", помисли си горкото дете
« Je n'ai jamais été aussi petit que ça auparavant, jamais ! »
"Никога преди не съм била толкова малка, никога!"
En prononçant ces mots, son pied glissa
Докато каза тези думи, кракът й се подхлъзна
et un instant plus tard, il y eut une grande éclaboussure !
и в друг миг се чу голям плясък!
Elle était dans l'eau salée jusqu'au menton
Беше до брадичка в солена вода
Sa première idée fut qu'elle était tombée d'une manière ou d'une autre dans la mer
Първата й идея беше, че по някакъв начин е паднала в морето
Cependant, elle s'est vite rendu compte dans quoi elle se trouvait
Скоро обаче тя осъзна в какво се намира

Elle était dans une mare de larmes
тя беше в локва от сълзи
les larmes qu'elle avait versées quand elle avait deux mètres de haut
сълзите, които беше изплакала, когато беше висока два метра

Juste à ce moment-là, elle entendit quelque chose
Точно тогава тя чу нещо.
Quelque chose barbotait dans la mare
нещо се пръскаше в басейна
Les éclaboussures venaient d'un peu de loin
пръскането дойде малко отдалеч
et elle nagea plus près pour voir ce que c'était que les éclaboussures
и тя доплува по-близо, за да види какво е пръскането
Elle vit bientôt que ce n'était qu'une petite souris
Скоро видя, че това е само малка мишка
La petite souris s'était également glissée dans l'eau

Малката мишка също се беше промъкнала във водата

Alice réfléchit à la situation

Алиса се замисли за ситуацията

« Serait-il utile de parler à cette souris ? »

— Ще има ли полза да говоря с тази мишка?

« Tout est tellement à l'envers ici »

"Тук всичко е толкова обърнато с главата надолу"

« Je pense que c'est très probable que cette souris peut parler »

— Мисля, че е много вероятно тази мишка да говори.

« En tout cas, il n'y a pas de mal à essayer »

"Във всеки случай, няма нищо лошо в опитите"

Alors elle a commencé à essayer de parler à la souris

Затова тя започна да се опитва да говори с мишката

« Oh Souris, sais-tu comment sortir de cette mare ? »

- О, Мишка, знаеш ли изхода от този басейн?

« Je suis bien fatigué de nager ici, ô souris ! »

— Много ми омръзна да плувам тук, о, Мишка!

La souris la regarda d'un air assez inquisiteur

Мишката я погледна доста любопитно

La souris semblait cligner de l'œil avec l'un de ses petits yeux

Мишката сякаш намигна с едно от малките си очи

Mais la petite souris ne dit rien

Но малката мишка не каза нищо

« Peut-être la souris ne comprend-elle pas l'anglais », pensa Alice

"Може би мишката не разбира английски", помисли си Алиса

« J'ose dis-le que c'est une souris française »

"Смея да твърдя, че това е френска мишка"

« peut-être que cette souris est venue avec Guillaume le Conquérant »

"Може би тази мишка е дошла с Уилям Завоевателя"

Alors elle a recommencé, en français

Така че тя започна отново, на френски

« Où est mon chat ? » a-t-elle demandé en français

"Къде ми е котката?", попита тя на френски

c'était la première phrase de son livre de leçons de français

това беше първото изречение в нейния урок по френски

La souris fit un saut soudain hors de l'eau

Мишката внезапно изскочи от водата

et la souris semblait frémir de frayeur

и мишката сякаш трепереше от страх

— Oh ! je vous demande pardon ! s'écria vivement Alice

— О, моля за извинение! — извика Алиса припряно

Elle craignait d'avoir blessé les sentiments du pauvre animal

Тя се страхуваше, че е наранила чувствата на горкото животно

« J'oubliais que tu n'aimais pas les chats »

— Съвсем забравих, че не обичаш котки.

« Je n'aime pas les chats ! » cria la Souris d'une voix aiguë et passionnée

— Не обичам котки! — извика Мишката с писклив страстен глас

« Voudrais-tu des chats, si tu étais moi ? »

— Бихте ли искали котки, ако бяхте на мое място?

Alice réconforta la souris d'un ton apaisant

Алиса успокои мишката с успокояващ тон

« Eh bien, peut-être que je n'aimerais pas non plus les chats si j'étais vous »

- Е, може би и аз нямаше да харесвам котки, ако бях на твое място.

« S'il vous plaît, ne soyez pas en colère à propos de la mention des chats »

"Моля, не се ядосвайте за споменаването на котки"

« Et pourtant, j'aimerais pouvoir te montrer notre chat Dinah »

"И все пак ми се иска да можех да ти покажа нашата котка Дина"

« Si vous la rencontriez, je pense que vous prendriez goût aux chats »

— Ако я срещнеш, мисля, че ще ти харесат котките.

« Si seulement vous pouviez la voir »

"Само ако можеше да я видиш"

« Elle est une chose si chère et si calme »

"Тя е толкова скъпа, тиха нещо"

La souris tremblait de partout

Мишката трепереше навсякъде

Alice était certaine que la souris devait être vraiment offensée

Алиса беше сигурна, че мишката наистина е обидена

« On ne parlera plus d'elle, si tu préfères ne pas le faire »

— Няма да говорим повече за нея, ако предпочиташ да не го правиш.

« Nous, en effet ! » s'écria la Souris

— Ние, наистина! — извика Мишката

La souris tremblait jusqu'au bout de sa queue

мишката трепереше до края на опашката си

« Comme si je voulais parler d'un tel sujet ! »

— Сякаш искам да говоря на такава тема!

« Notre famille a toujours détesté les chats »

"Нашето семейство винаги е мразило котките"

"Les chats ; des choses méchantes, basses, vulgaires !

"Котки; гадни, низки, вулгарни неща!"

« Ne me laissez plus entendre le nom ! »

— Не ми позволявай да чуя името отново!

— Je ne parlerai plus des chats, en effet, dit Alice

— Всъщност няма да споменавам повече котки! — каза Алиса

Elle était très pressée de changer de sujet

тя много бърза да смени темата

"Êtes-vous... Aimez-vous les chiens ?

— Ти ли си... Обичате ли кучета?

« Il y a un petit chien si gentil près de notre maison, »

"Има толкова хубаво малко куче близо до къщата ни",

« Je voudrais te montrer le petit chien ! »

— Бих искал да ви покажа малкото куче!

"Ce petit chien tue tous les rats et...

"Това малко куче убива всички плъхове и...

« Oh ! mon Dieu ! » s'écria Alice d'un ton triste

— О, скъпа! — извика Алиса с тъжен тон

« J'ai peur de t'avoir encore offensé ! »

— Страхувам се, че отново те обидих!

La souris nageait loin d'elle aussi vite qu'elle le pouvait

Мишката плуваше далеч от нея толкова бързо, колкото можеше

et la souris fit tout un vacarme dans la mare

и мишката направи доста суматоха в басейна

Alors elle appela doucement la souris

Затова тя тихо извика след мишката

« Ma chère souris, s'il vous plaît, revenez ! »

"Скъпа моя мишка, моля те, върни се!"

« Et nous ne parlerons pas des chats »

"И няма да говорим за котки"

« Et nous n'avons pas non plus besoin de parler des chiens »

"И не е нужно да говорим за кучета"

Quand la souris entendit cela, elle se retourna

Когато мишката чула това, тя се обърнала

et la petite souris nagea lentement vers elle

и малката мишка бавно доплува обратно към нея

Le visage de la souris était assez pâle

лицето на мишката беше доста бледо

et la souris parla d'une voix basse et tremblante

и мишката заговори с нисък, треперещ глас

« Allons à la rive »

"Да стигнем до брега"

« et ensuite je vous raconterai mon histoire »

"И тогава ще ви разкажа моята история"

« et vous comprendrez pourquoi c'est moi qui déteste les chats et les chiens »

"И ще разберете защо мразя котки и кучета"

Il était grand temps de partir

Беше крайно време да си тръгваме

parce que la piscine devenait assez bondée

защото басейнът ставаше доста претъпкан

D'autres oiseaux et animaux étaient tombés dans la mare

други птици и животни бяха паднали в басейна

il y avait un Canard et un Dodo

имаше Патица и Додо

et il y avait un oiseau Lory et un aiglon

и имаше птица Лори и орлето

et il y avait plusieurs autres créatures intéressantes

Имаше и няколко други интересни същества

Alice a ouvert la voie à la sortie de la piscine

Алиса изведе пътя към басейна

et toute la troupe des animaux nagea jusqu'au rivage

и цялата група животни доплува до брега

<h3 style="text-align:center">Une course de caucus et une longue traîne</h3>

Надпревара на партийни събрания и дълга опашка

C'était en effet une bande d'animaux à l'allure amusante

Те наистина бяха странно изглеждащи животни

et ils se rassemblèrent tous sur le bord de l'eau

и всички се събраха на брега на водата

Les oiseaux avaient tous des plumes débraillées

всички птици имаха опърпани пера

et les animaux à fourrure étaient trempés

и косматите животни бяха напоени през

et tous étaient trempés, agacés et mal à l'aise

и всички бяха мокри, раздразнени и неудобни

Il y avait une question à laquelle il fallait répondre en premier

Имаше един въпрос, на който първо трябваше да се отговори

Quelle est la meilleure façon pour tout le monde de se sécher ?

Кой е най-добрият начин всички да изсъхнат?

Ils ont tenu une consultation à ce sujet

Те проведоха консултация по този въпрос

Bientôt, ils furent tous en bons termes

скоро всички бяха в познати отношения

C'était comme si elle les avait connus toute sa vie

сякаш ги познаваше през целия си живот

La souris semblait être une personne d'une certaine autorité

Мишката изглеждаше човек с някакъв авторитет

« Asseyez-vous, vous tous, et écoutez-moi !

— Седнете всички и ме слушайте!

« Je vais bientôt vous faire sécher à nouveau ! »

— Скоро ще ви накарам да изсъхнете отново!

Ils s'assirent tous en même temps, dans un grand cercle

Всички седнаха наведнъж, в голям кръг

et la petite souris s'assit au milieu

а малката мишка седеше по средата

« Hum ! » dit la souris d'un air important

— Хм! — каза мишката с важно изражение

« Êtes-vous tous prêts ? »

— Готови ли сте?

« C'est la chose la plus sèche que je connaisse »

"Това е най-сухото нещо, което познавам"

« Silence tout autour, s'il vous plaît ! »

"Тишина наоколо, ако позволите!"

« Guillaume le Conquérant était favorisé par le pape »

"Уилям Завоевателят беше облагодетелстван от папата"

« mais il fut bientôt soumis par les Anglais »

"но скоро той беше подчинен от англичаните"

« Ils voulaient des leaders ces derniers temps »

"Напоследък искаха лидери"

« et ils avaient été habitués au pouvoir et à la conquête »

"И те бяха свикнали с власт и завоевания"

« Edwin et Morcar, les comtes de Mercie et de Northumbrie »

"Едуин и Моркар, графовете на Мерсия и Нортумбрия"

« Pouah ! » dit l'oiseau lori, avec un frisson

— Уф! — каза птицата лори с треперене

« et même Stigand, l'archevêque patriote de Cantorbéry »

"и дори Стиганд, патриотичният архиепископ на Кентърбъри"

« Il l'a également trouvé opportun »

"Той също го намери за препоръчително"
« Qu'a-t-il trouvé à propos ? » dit le canard
— Какво намери за препоръчително? — попита патицата
— Il l'a trouvé opportun, répondit la souris d'un ton un peu
contrarié
— Намери го за препоръчително — отвърна мишката
доста сърдито
Mais le canard n'était pas satisfait
Но патицата не беше доволна
« Bien sûr, vous savez ce que 'it' signifie »
"Разбира се, знаете какво означава "то"
« Je sais ce que c'est quand je trouve quelque chose », dit le
canard
— Знам какво е "то", когато намеря нещо — каза патицата
« C'est généralement une grenouille ou un ver »
"Обикновено това е жаба или червей"
« La question est de savoir ce que l'archevêque a trouvé ?
"Въпросът е какво е открил архиепископът?"
La souris n'a pas remarqué cette question
Мишката не забеляза този въпрос
Au lieu de cela, la souris continua précipitamment son
discours
Вместо това мишката бързо продължи речта
« il a jugé opportun d'aller avec Edgar Atheling »
"Той намери за препоръчително да отиде с Едгар Ателинг"
« pour rencontrer Guillaume et lui offrir la couronne »
"да се срещне с Уилям и да му предложи короната"
la souris continua, se tournant vers Alice pendant qu'elle
parlait
мишката продължи и се обърна към Алиса, докато
говореше
« Comment allez-vous maintenant, ma chère ? »
— Как си сега, скъпа моя?
– Aussi mouillée que jamais, dit Alice d'un ton
mélancolique
— Мокро както винаги — каза Алиса с меланхоличен тон
« Cette histoire n'a pas l'air de me tarir du tout »

"Тази история изобщо не ме изсушава"

— **Dans ce cas, dit solennellement le dodo en se levant**

— В такъв случай — каза тържествено додото и се изправи на крака

« **Je vote pour l'ajournement de la séance** »

"Гласувам заседанието да бъде отложено"

« **et je propose l'adoption immédiate de remèdes plus énergiques** »

"и предлагам незабавно приемане на по-енергични лекарства"

« **Dis des paroles vraies ! » dit l'aiglon**

— Говори истински думи! — каза орлетото

« **Je ne connais pas le sens de la moitié de ces longs mots** »

"Не знам значението на половината от тези дълги думи"

et, qui plus est, je ne crois pas que vous le sachiez non plus !

— И нещо повече, не вярвам, че и ти знаеш!

— **Ce que j'allais dire, dit le dodo d'un ton offensé**

— Какво щях да кажа — каза додо с обиден тон

« **La meilleure chose à faire pour nous sécher serait une course au caucus** »

"Най-доброто нещо, което да ни изсуши, би било надпревара"

« **Qu'est-ce qu'une course de caucus ? » demanda Alice**

— Какво е партийна надпревара? — попита Алиса

« Eh bien, » dit le dodo, « la meilleure façon de l'expliquer, c'est de le faire »

"Е", казал додо, "най-добрият начин да го обясня е да го направиш."

« D'abord, le dodo a tracé un parcours »

"Първо додо очерта хиподрум"

« La piste était dans une sorte de cercle »

"Пистата беше в нещо като кръг"

« Et puis tout le groupe a été placé le long du parcours »

"И тогава цялата група беше разположена по трасето"

Il n'y avait pas de « Un, deux, trois et c'est parti ! »

Нямаше "Едно, две, три и далеч!"

Mais ils ont commencé à courir quand ils voulaient

но те започнаха да бягат, когато пожелаят

et ils finissaient aussi quand ils le voulaient

и те също завършиха, когато пожелаха

Il n'était donc pas facile de savoir quand la course était terminée

така че не беше лесно да се разбере кога състезанието е приключило

Après environ une demi-heure de course, ils étaient tous assez secs

след около половин час бягане всички бяха доста сухи

le dodo s'écria soudain : « La course est finie ! »

Додо изведнъж извика: "Състезанието свърши!"

Et ils se pressèrent tous autour du Dodo

и всички се тълпяха около додо

Tous les animaux haletaient et soufflaient

Всички животни се задъхваха и надуваха

et tous voulaient savoir : « Mais qui a gagné ? »

и всички искаха да знаят: "Но кой е спечелил?"

Le dodo ne pouvait pas répondre immédiatement à cette question

На този въпрос додото не можа да отговори веднага

D'abord, il a dû beaucoup réfléchir

Първо трябваше да помисли много

Après mûre réflexion, le dodo finit par parler

След дълго размишление додо най-накрая проговори
« Tout le monde a gagné, et tous doivent avoir des prix »
"Всеки е спечелил и всеки трябва да има награди"
« Mais qui doit donner les prix ? » demanda un chœur de voix
— Но кой ще даде наградите? — попита хор от гласове
— Eh bien, elle, bien sûr, dit le dodo
— Е, тя, разбира се — каза додо
et le dodo pointa d'un doigt vers Alice
и додото посочи с един пръст към Алис
et toute la troupe des animaux se pressait autour d'elle
и цялата група животни се тълпяха около нея
ils ont crié, d'une manière confuse : « Des prix ! Des prix !
те извикаха объркано: "Награди! Награди!"
Alice n'avait aucune idée de ce qu'elle devait faire
Алиса нямаше представа какво да прави
Désespérée, elle mit la main dans sa poche
В отчаяние тя пъхна ръка в джоба си
Et elle en sortit une boîte de bonbons
и извади кутия със сладкиши
Heureusement, l'eau salée n'était pas entrée dans la boîte
За щастие солената вода не беше попаднала в кутията
et elle a distribué les bonbons comme prix
и раздаде сладкишите като награди
Il y avait exactement une pièce pour tout le monde
Имаше точно едно парче за всеки
La prochaine chose qu'ils devaient faire était de manger les bonbons
Следващото нещо, което трябваше да направят, беше да изядат сладкишите
Cela a causé du bruit et de la confusion
Това предизвика известен шум и объркване
Les grands oiseaux se plaignaient de ne pas pouvoir goûter leurs bonbons
Големите птици се оплакваха, че не могат да вкусят сладкишите си
Les petits s'étouffaient et devaient être tapotés dans le dos

малките се задавиха и трябваше да бъдат потупвани по гърба

Cependant, c'était enfin fini

Най-накрая обаче всичко приключи

Et ils se rassirent en cercle

И те отново седнаха на ринг

et ils supplièrent la souris de leur dire quelque chose de plus

и те помолиха мишката да им каже нещо повече

— Vous m'avez promis de me raconter votre histoire, vous savez, dit Alice

— Обеща ми да ми разкажеш историята си, нали знаеш — каза Алиса

et elle fit une autre petite remarque sur les chats à voix basse

и направи още една малка забележка за котките шепнешком

Elle ne voulait pas offenser à nouveau la souris

Тя не искаше да обиди мишката отново

la petite souris se tourna vers Alice et soupira

малката мишка се обърна към Алис и въздъхна

« Ma conte est long et triste ! »

"Моята история е дълга и тъжна!"

— C'est une longue queue, certainement, dit Alice

— Разбира се, това е дълга опашка — каза Алиса

et elle baissa les yeux avec étonnement sur la queue de la souris

и тя погледна с учудване опашката на мишката

« Mais pourquoi appelez-vous cela une queue triste ? »

— Но защо го наричаш тъжна опашка?

Et elle n'arrêtait pas de s'interroger à ce sujet pendant que la souris parlait

И тя продължаваше да се озадачава, докато мишката говореше

de sorte que son idée de l'histoire était quelque chose comme ceci

така че нейната идея за приказката беше нещо подобно

"Fury said to
a mouse, That
he met in the
house, 'Let
us both go
to law: *I*
will prosecute
you.—
Come, I'll
take no denial:
We must have
the trial;
For really
this morning
I've
nothing
to do.'
Said the
mouse to
the cur,
'Such a
trial, dear
sir, With
no jury
or judge,
would
be wasting
our
breath.'
'I'll be
judge,
I'll be
jury,'
said
cunning
old
Fury;
'I'll
try
the
whole
cause,
and
condemn
you to
death.'"

Fury dit à une souris : Qu'il s'est rencontré dans la maison.

Яростта каза на една мишка, че се срещна в къщата."

Allons tous les deux en justice, je vous poursuivrai

Нека и двамата да се забърнем към съда: аз ще ви преследвам

Allons, je n'accepterai aucun démenti : il faut que nous fassions l'épreuve

Хайде, няма да отрека: Трябва да имаме съда.

Car vraiment ce matin je n'ai rien à faire

Защото наистина тази сутрин нямам какво да правя.
Dit la souris au maudit ;
— каза мишката на курата;
Un tel procès, cher monsieur, sans jury ni juge, nous ferait perdre notre souffle
Такъв процес, скъпи господине, без съдебни заседатели или съдия, би ни изпилял дъха
« Je serai juge, je serai jury », dit le vieux rusé Fury
— Аз ще бъда съдия, ще бъда съдебен заседател — каза хитрият стар Фюри
Je vais juger toute la cause, et je vous condamnerai à mort
Ще опитам цялата кауза и ще те осъдя на смърт.
la souris parla sévèrement à Alice
мишката заговори строго на Алис
« Tu ne fais pas attention ! »
— Не обръщаш внимание!
« À quoi pensez-vous ? »
— За какво мислиш?
— Je vous demande pardon, dit Alice très humblement
— Моля за извинение — каза Алиса много смирено
« Tu étais arrivé au cinquième virage, je crois ? »
— Мисля, че сте стигнали до петия завой?
« Vous m'insultez en disant de telles bêtises ! »
— Обиждаш ме, като говориш такива глупости!
Et la souris se leva et s'éloigna
Мишката стана и си тръгна
Alice appela la petite souris
Алиса извика след малката мишка
« S'il vous plaît, revenez et terminez votre histoire ! »
"Моля, върнете се и довършете историята си!"
Et les autres se joignirent tous en chœur
И всички останали се присъединиха в хор
« Oui, s'il vous plaît, terminez votre histoire ! »
"Да, моля те, довърши историята си!"
Mais la souris se contenta de secouer la tête avec impatience
Но мишката само поклати глава нетърпеливо
et la petite souris marchait un peu plus vite

и малката мишка вървеше малко по-бързо

« Je voudrais bien avoir Dinah, notre chat, ici ! » dit Alice

— Иска ми се да имах тук Дина, нашата котка! — каза Алиса

Cela provoqua une sensation remarquable parmi le parti

Това предизвика забележителна сензация сред партията

Quelques-uns des oiseaux se hâtèrent de s'éloigner

Някои от птиците веднага побързаха да си тръгнат

et un canari appela d'une voix tremblante ses enfants ;

и едно канарче извика с трепереш глас на децата си;

« Allez-vous-en, mes chères ! »

— Махай се, скъпи мои!

« Il est grand temps que vous soyez tous au lit ! »

— Крайно време е всички да си легна!

Avec diverses excuses, ils sont tous partis

С различни извинения всички си тръгнаха

et Alice se retrouva bientôt seule

и скоро Алиса остана сама

« J'aurais aimé ne pas avoir mentionné Dinah ! »

— Иска ми се да не бях споменала Дина!

« Personne n'a l'air de l'aimer ici »

"Изглежда никой не я харесва тук"

« Mais je suis sûr que c'est la meilleure chatte du monde ! »

— Но съм сигурен, че тя е най-добрата котка на света!

La pauvre Alice se remit à pleurer

Горката Алиса отново започна да плаче

parce qu'elle se sentait très seule et déprimée

защото се чувстваше много самотна и потисната

Au bout de peu de temps, cependant, elle entendit de nouveau quelque chose

След малко обаче тя отново чу нещо

un petit bruit de pas au loin

малко тропане на стъпки в далечината

et elle leva les yeux avec impatience

и тя вдигна нетърпеливо поглед

Le lapin envoie le petit M. Bill
Заекът изпраща малкия г-н Бил

C'était le lapin blanc, qui revenait lentement au trot
Това беше белият заек, който бавно се връщаше обратно
Il regardait anxieusement autour de lui en chemin
Той се оглеждаше тревожно, докато вървеше
Il avait l'air d'avoir perdu quelque chose
изглеждаше така, сякаш беше загубил нещо
Alice l'entendit marmonner pour lui-même
Алиса го чу да мърмори на себе си
— La duchesse ! La Duchesse ! Oh, mes chères pattes !
— Херцогинята! Херцогинята! О, мили мои лапи!
« Oh, ma fourrure et mes moustaches ! »
— О, козината и мустаците ми!
« Elle va me faire exécuter, j'en suis sûr »
"Тя ще ме екзекутира, сигурен съм в това"
« Aussi sûr que les furets sont des furets ! »
"Също толкова сигурно, колкото поровете са порове!"
« Où ai-je pu laisser tomber mes affaires, je me demande ? »
— Чудя се къде съм изпуснал нещата си?
Alice devina en un instant ce qu'il cherchait

Алиса се досети за миг какво търси
Il cherchait l'éventail de plumes
Той търсеше ветрилото на перата
et il cherchait la paire de gants blancs
и търсеше чифт бели ръкавици
Elle se mit donc très gentiment à chercher les gants
Затова тя много добродушно започна да търси ръкавиците
Et elle chercha aussi l'éventail de plumes
и тя потърси ветрилото на перата
Mais les gants et l'éventail de plumes étaient introuvables
но ръкавиците и ветрилото от пера не се виждаха никъде
Tout semblait avoir changé depuis sa baignade dans la piscine
Всичко изглежда се е променило, откакто плува в басейна
Rien n'était pareil depuis qu'elle était dans la grande salle
нищо не беше същото, откакто беше в голямата зала
et la table de verre avait disparu
и стъклената маса беше изчезнала
Et la petite porte n'était pas là non plus
И малката врата също не беше там
Très vite, le lapin remarqua Alice
Много скоро заекът забеляза Алис
Il l'appela d'un ton furieux
Той я извика с гневен тон
« Mary Ann, que fais-tu ici ? »
— Мери Ан, какво правиш тук?
« Rentre chez toi à l'instant même »
"Бягай вкъщи този момент"
« Et apporte-moi une paire de gants et un éventail de plumes ! »
— И ми донесете чифт ръкавици и ветрило от пера!
« Et faites vite ! »
— И побързай!
Alice se parlait à elle-même en s'enfuyant
Алиса говори на себе си, докато бягаше
— Il a dû me prendre pour sa femme de chambre !
— Сигурно ме е сбъркал с прислужницата си!

« Comme il sera surpris quand il découvrira qui je suis ! »

"Колко изненадан ще бъде, когато разбере кой съм!"

En disant cela, elle tomba sur une petite maison soignée

Като каза това, тя се натъкна на спретната малка къща

Sur la porte de la maison se trouvait une plaque de laiton brillant

На вратата на къщата имаше ярка месингова плоча

« W. LAPIN »

"У. ЗАЕК"

Elle entra sans frapper à la porte

Тя влезе, без да почука на вратата.

et elle se hâta de monter l'escalier

И тя забърза направо горе

elle craignait de rencontrer la vraie Mary Ann

тя се притесняваше, че може да срещне истинската Мери Ан

parce qu'alors elle serait chassée de la maison

защото тогава тя щеше да бъде изгонена от къщата

et elle ne pourrait pas trouver l'éventail de plumes et les gants

и нямаше да може да намери ветрилото с пера и ръкавиците

Alice s'était frayé un chemin dans une petite pièce bien rangée

Алиса беше намерила пътя си в подредена малка стая

Dans la pièce, il y avait une table près de la fenêtre

В стаята имаше маса до прозореца

et sur la table, il y avait un éventail de plumes

а на масата имаше ветрило от пера

et il y avait deux ou trois paires de petits gants blancs

и имаше два-три чифта малки бели ръкавици

Elle ramassa l'éventail en plumes et une paire de gants

Тя вдигна ветрилото с пера и чифт ръкавици

et elle allait quitter la pièce

и тъкмо се канеше да излезе от стаята

mais alors ses yeux tombèrent sur une petite bouteille

но тогава погледът й падна на малко шишенце

Elle déboucha la bouteille et la porta à ses lèvres

Тя отпуши бутилката и я постави до устните си

« J'espère que cela me fera redevenir grand »

"Надявам се, че това ще ме накара да стана голяма отново"

« J'en ai marre d'être une toute petite chose ! »

"Омръзна ми да бъда толкова малко нещо!"

Alice avait à peine bu la moitié de la bouteille

Алиса едва беше изпила половината бутилка

Sa tête était déjà appuyée contre le plafond

главата й вече се притискаше към тавана

et elle dut se baisser

и трябваше да се наведе

pour sauver son cou d'être brisé

за да спаси врата си от счупване.

Elle posa précipitamment la bouteille

Тя бързо остави бутилката

« C'est bien assez »

"Това е напълно достатъчно"

« J'espère que je ne grandirai plus »

"Надявам се да не растя повече"

Hélas! Il était trop tard pour souhaiter cela !

Уви! Беше твърде късно да си пожелаем това!

Elle n'a cessé de grandir

Тя продължаваше да расте и да расте

et très vite elle dut s'agenouiller sur le sol

и много скоро трябваше да коленичи на пода

Et même alors, elle a continué à grandir

и дори тогава тя продължи да расте

Comme dernière ressource, elle passa un bras par la fenêtre

Като последен ресурс тя извади едната си ръка през прозореца

et elle mit un pied dans la cheminée

и тя вдигна единия крак в комина

« Maintenant, je ne peux plus faire, quoi qu'il arrive »

"Сега не мога да направя повече, каквото и да се случи"

« Que vais-je devenir ? »

— Какво ще стане с мен?

Alice a eu un peu de chance

Алис имаше късмет

La petite bouteille magique avait fait son plein effet

Малкото вълшебно шишенце имаше пълния си ефект

et Alice ne grandit pas plus qu'elle n'était

и Алиса не стана по-голяма, отколкото беше

Au bout de quelques minutes, elle entendit une voix à l'extérieur

След няколко минути тя чу глас отвън

et elle s'arrêta pour écouter la voix

и тя спря да се вслуша в гласа

« Mary Ann ! Mary Ann ! dit la voix

— Мери Ан! Мери Ан! — каза гласът

« Apporte-moi mes gants tout de suite ! »

- Донеси ми ръкавиците ми този момент!

Puis vint un petit claquement de pieds dans l'escalier

След това дойде леко тропане на крака по стълбите

Alice savait que c'était le lapin qui venait la chercher

Алиса знаеше, че заекът идва да я търси

et elle trembla jusqu'à faire trembler la maison

и тя трепереше, докато разтърси къщата
elle oublia tout à fait quelles étaient ses proportions
Тя съвсем забрави какви са пропорциите й
Elle était mille fois plus grosse que le lapin
Тя беше хиляда пъти по-голяма от заека
et elle n'avait aucune raison d'avoir peur d'un lapin
и нямаше причина да се страхува от заек
Bientôt le lapin s'approcha de la porte
Скоро заекът се приближи до вратата
et le petit lapin essaya d'ouvrir la porte
и малкото зайче се опита да отвори вратата
La porte a commencé à s'ouvrir vers l'intérieur
вратата започна да се отваря навътре
mais le coude d'Alice était fortement appuyé contre la porte
но лакътят на Алис беше силно притиснат към вратата
Cette tentative s'est avérée un échec
Този опит се оказва неуспешен
Alice entendit le lapin se parler à lui-même
Алиса чу заека да говори сам на себе си
« Ensuite, je vais faire le tour et entrer par la fenêtre »
"Тогава ще отида и ще вляза през прозореца"
« Que tu ne le feras pas ! » pensa Alice
— Че няма да го направиш! — помисли си Алиса
Et elle attendit encore un peu
и тя отново изчака малко
Bientôt, elle entendit le lapin juste sous la fenêtre
Скоро тя чу заека точно под прозореца
Elle étendit soudain la main
Тя изведнъж протегна ръка
et elle fit une prise en l'air
И тя се измъкна във въздуха.
Elle n'a rien attrapé
Тя не се сдоби с нищо
mais elle entendit un petit cri et une chute
но чу лек писък и падане
et elle entendit un fracas de verre brisé
и чу трясък на счупено стъкло

Peut-être le lapin était-il tombé

Може би заекът е паднал

Peut-être était-il dans une serre

може би е бил в оранжерия

Puis vint une voix en colère ; La voix du lapin

След това се чу ядосан глас; Гласът на заека

« Pat, où es-tu ? »

— Пат, къде си?

**Et puis vint une voix qu'elle n'avait jamais entendue
auparavant**

И тогава дойде глас, който никога преди не беше чувала

« Votre honneur, je suis là ! »

— Ваша чест, тук съм!

« Je creuse pour trouver des pommes »

"Копая за ябълки"

« Ici ! Venez m'aider à m'en sortir ! »

— Тук! Ела и ми помогни да се измъкна от това!"

**« Maintenant, dis-moi, Pat, qu'est-ce qu'il y a dans la fenêtre
? »**

— А сега ми кажи, Пат, какво има това на прозореца?

« Bien sûr, Votre Honneur, je vais vous le dire »

"Разбира се, ваша чест, ще ви кажа"

« C'est un bras qui est dans la fenêtre ! »

"Това е ръка, която е в прозореца!"

« Eh bien, un bras n'a rien à faire là-bas »

"Е, ръката няма работа там"

« Va et enlève le bras ! »

— Иди и махни ръката!

Il y eut un long silence après cela

След това настъпи дълго мълчание

**et Alice n'entendait que des chuchotements de temps en
temps**

а Алиса можеше да чува само шепот от време на време

et enfin elle étendit de nouveau la main

и накрая отново протегна ръка

et elle fit une autre arrachée dans les airs

И тя направи още едно изтръгване във въздуха

Cette fois, il y eut deux petits cris

Този път се чуха два малки писъка

et il y avait d'autres bruits de verre brisé

и се чуваха още звуци от счупено стъкло

« Je me demande ce qu'ils vont faire ensuite ! » pensa Alice

"Чудя се какво ще правят след това!" помисли си Алиса

« J'aimerais qu'ils me tirent par la fenêtre »

"Иска ми се да ме издърпат през прозореца"

Elle attendit un certain temps

Тя изчака известно време

Mais pendant un moment, elle n'entendit plus rien

но известно време тя не чуваше нищо повече

Enfin, il y eut un grondement de petites roues

Най-накрая се чу тътен на малки колела

et il y eut le son d'un bon nombre de voix

И се чу звук на много гласове

Toutes les voix parlaient ensemble

Всички гласове говореха заедно.

Elle pouvait distinguer certaines des paroles

Тя можеше да различи някои от думите

« Où est l'autre échelle ? »

— Къде е другата стълба?

« Bill a l'autre échelle »

"Бил има другата стълба"

« Bill, viens ici ! »

— Бил, ела тук!

« Le toit va-t-il supporter le fardeau ? »

"Покривът ще понесе ли товара?"

« Qui veut descendre par la cheminée ? »

— Кой иска да слезе по комина?

— Non, je ne le ferai pas ! Vous le faites !

— Не, няма да го направя! Направете го!"

« Tiens, Bill ! »

— Ето, Бил!

« Le maître dit qu'il faut descendre par la cheminée ! »

— Господарят казва, че трябва да слезеш по комина!

Alice descendit son pied aussi loin qu'elle le put dans la

cheminée

Алиса дръпна крака си колкото се може по-надолу по комина

Et puis elle attendit de voir ce qui allait arriver

и след това зачака да види какво предстои

Elle entendit un petit animal gratter et se débattre

Чу малко животно да се драска и да се катери

Le petit animal doit être dans la cheminée

малкото животно трябва да е в комина

Puis elle donna un coup de pied sec

След това нанесе един остър ритник

et elle attendit de voir ce qui allait se passer ensuite

и тя чакаше да види какво ще се случи след това

Elle entendit un chœur général de voix

тя чу общ хор от гласове

« Voilà Bill ! » dirent-ils tous

— Ето го Бил! — казаха всички

Puis elle entendit la voix du lapin seule

Тогава тя чу гласа на заека сама

« Toi par la haie, attrape-le ! »

— Ти до живия плет, хвани го!

Il y eut un autre moment de silence

Настъпи още един миг мълчание

Et puis il y eut une autre confusion de voix

и след това настъпи ново объркване на гласовете

« Lève la tête, Brandy »

- Вдигни главата му, Бренди.

« Attention à ne pas l'étouffer »

"Внимавайте да не го удушите"

« Qu'est-ce qui t'est arrivé ? »

— Какво се случи с теб?

Enfin, une petite voix faible et grinçante est apparue

Накрая се чу слаб, писклив глас

« Eh bien, je n'en sais presque pas plus »

"Е, почти не знам повече"

« merci à tous, je vais mieux maintenant »

"Благодаря на всички, сега съм по-добре"

« il y a une chose dont je peux me souvenir »

"Има едно нещо, което мога да си спомня"

« Quelque chose vient à moi comme un train dans un tunnel »

"Нещо идва при мен като влак в тунел"

« Et je vole comme une fusée ! »

— И летя като небесна ракета!

Il y eut une minute ou deux de silence

Настъпи минута или две мълчание

puis ils ont recommencé à se déplacer

и след това отново започнаха да се движат

et Alice entendit de nouveau le Lapin parler

и Алиса чу Заека да говори отново

« Une brouette fera l'affaire, pour commencer »

"Като начало ще свърши работа"

« Une brouette pleine de quoi ? » pensa Alice

"От какво?" — помисли си Алиса

Mais elle ne fut pas tenue en suspens longtemps

Но тя не беше държана дълго в напрежение

Une pluie de petits cailloux est passée par la fenêtre

През прозореца се стичаше дъжд от малки камъчета

et quelques petits cailloux l'ont frappée au visage

и някои от малките камъчета я удариха в лицето

Alice fut surprise par les petits cailloux

Алиса беше изненадана от малките камъчета

Tous les petits cailloux se transformaient en gâteaux

всички малки камъчета се превръщаха в сладкиши

et une idée lumineuse lui vint à l'esprit

и в главата й хрумна светла идея

« Je devrais manger un de ces gâteaux »

"Трябва да изям една от тези торти"

« Le gâteau ne manquera pas de faire changer ma taille »

"Тортата със сигурност ще промени размера ми"

Alors elle a avalé l'un des gâteaux

Така че тя погълна една от тортите

et elle fut ravie de constater qu'elle commençait à rétrécir

и с радост установи, че започва да се свива

Bientôt, elle fut assez petite pour franchir la porte

Скоро тя беше достатъчно малка, за да влезе през вратата

Elle s'est enfuie de la maison

Тя избяга от къщата

Une foule de petits animaux et d'oiseaux attendaient dehors

тълпа от малки животни и птици чакаха отвън

tous les petits oiseaux et les petits animaux se précipitèrent sur Alice

всички малки птички и животни се втурнаха към Алиса

Mais elle s'enfuit aussi vite qu'elle le put

Но тя избяга възможно най-бързо

et bientôt elle se trouva en sécurité dans un bois épais

и скоро се озова в безопасност в гъста гора

Alice errait dans les bois

Алиса се скиташе из гората

Et elle pensa en elle-même :

и си помисли:

« Je sais ce que je dois faire en premier »

"Знам какво трябва да направя първо"

« Je dois d'abord grandir à ma bonne taille »

"Първо трябва да порасна отново до правилния си размер"

« et puis je dois trouver mon chemin dans ce joli jardin »

"И тогава трябва да намеря пътя си към тази прекрасна градина"

« Je suppose que je devrais manger ou boire quelque chose ou autre »

— Предполагам, че трябва да ям или да пия нещо или друго.

« Mais la question est de savoir ce que je dois manger ou boire ? »

"Но въпросът е какво да ям или пия?"

Alice regarda tout autour d'elle les fleurs

Алиса се огледа наоколо към цветята

et elle regarda à travers les brins d'herbe

и тя погледна през стръкчетата трева

mais elle ne voyait rien à manger ni à boire

но не виждаше нищо за ядене или пиене

Rien ne semblait être la bonne chose à manger ou à boire

нищо не приличаше на правилното нещо за ядене или пиене

Il y avait un gros champignon qui poussait près d'elle

Близо до нея растеше голяма гъба

le champignon était à peu près de la même taille qu'Alice

гъбата беше приблизително същата височина като Алиса

Elle s'étira sur la pointe des pieds

Тя се протегна на пръсти

Et elle jeta un coup d'œil par-dessus le bord du champignon

и надникна през ръба на гъбата

Ses yeux rencontrèrent immédiatement les yeux d'une grande chenille bleue

Очите й веднага срещнаха очите на голяма синя гъсеница

La chenille était assise sur le sommet du champignon

гъсеницата седеше на върха на гъбата

et la chenille avait croisé tous ses bras

и гъсеницата беше кръстосала всичките му ръце

et il fumait tranquillement un long narguilé

и тихо пушеше дълго наргиле

et il ne faisait pas la moindre attention à rien

и не обърна ни най-малко внимание на нищо

et il n'a certainement pas fait attention à Alice

и със сигурност не обърна внимание на Алис

Finalement, la chenille a retiré le narguilé de sa bouche
Най-накрая гъсеницата извади наргилето от устата си
et il s'adressa à Alice d'une voix languissante et endormie
и се обърна към Алис с вял, сънлив глас
« Qui es-tu ? » demanda la chenille
— Коя си ти? — попита гъсеницата

Alice a répondu, plutôt timidement : « Je sais à peine, monsieur. »
Алиса отговори доста срамежливо: — Едва ли знам, сър.
« Juste pour le moment, c'est un peu... »
"Точно в момента всичко е малко..."
« Je sais qui j'étais quand je me suis levé ce matin" »
"Знам коя бях, когато станах тази сутрин."
« mais je pense que j'ai dû changer plusieurs fois depuis »
— Но мисля, че оттогава трябва да съм се променила
няколко пъти.
« Qu'est-ce que tu veux dire par là ? » dit la chenille
— Какво искаш да кажеш с това? — попита гъсеницата

sévèrement, la chenille lui demanda de s'expliquer

Строго гъсеницата я помоли да се обясни

— Je ne peux pas m'expliquer, j'en ai peur, monsieur, dit Alice

— Страхувам се, че не мога да си обясня, сър — каза Алиса

« parce que je ne suis pas moi-même »

"защото не съм себе си"

« Vous voyez, être de tant de tailles différentes en une journée, c'est très déroutant »

"Виждате ли, да бъдеш толкова много различни размери на ден е много объркващо"

Elle se redressa et dit très gravement :

Тя се изправи и каза много сериозно:

« Je pense que tu devrais me dire qui tu es, en premier »

— Мисля, че първо трябва да ми кажеш кой си.

« Pourquoi ? » demanda la chenille

— Защо? — каза гъсеницата

Alice ne voyait aucune bonne raison

Алиса не можеше да измисли никаква основателна причина

et la chenille semblait être dans un état d'esprit très désagréable

и гъсеницата изглеждаше в много неприятно състояние на духа

alors elle s'en retourna

Затова тя се извърна.

« Reviens ! » la chenille l'appela

- Върни се! - извика след нея гъсеницата

« J'ai quelque chose d'important à dire ! »

— Имам да кажа нещо важно!

Alice se retourna et revint

Алиса се обърна и се върна отново

« Garde ton sang-froid », dit la chenille

— Запази самообладание — каза гъсеницата

— C'est tout ? dit Alice

— Това ли е всичко? — попита Алиса

Et elle ravala sa colère de son mieux

и тя преглътна гнева си, доколкото можеше

« Non, » dit la chenille

— Не — каза гъсеницата

La chenille déplia ses bras

гъсеницата разгърна ръцете си

Et il retira le narguilé de sa bouche

и отново извади наргилето от устата си

et il a dit : « Vous pensez donc que vous avez changé, n'est-ce pas ? »

и той каза: "Значи мислиш, че си се променил, нали?"

— J'ai peur, je suis changée, monsieur, dit Alice

— Страхувам се, че съм се променила, сър — каза Алиса

« Je ne me souviens plus des choses comme je m'en souvenais »

"Не мога да си спомня нещата, както ги помнех"

« et je ne reste pas plus de dix minutes de la même taille ! »

— И не оставам със същия размер повече от десет минути!

« Quelle taille veux-tu faire ? » demanda la chenille

- Какъв размер искаш да бъдеш? - попита гъсеницата

— Oh, ma taille ne me dérange pas particulièrement, répondit vivement Alice

— О, не ме интересува особено какъв размер съм — припряно отговори Алиса

« Je n'aime pas changer de taille si souvent, vous savez »

"Просто не обичам да променям размера толкова често, нали знаеш"

« J'aimerais être un peu plus grand, monsieur »

— Бих искал да бъда малко по-голям, сър.

— Si cela ne vous dérange pas, ajouta Alice

— Ако нямате нищо против — добави Алиса

« Dix centimètres, c'est une taille si misérable »

"Десет сантиметра е толкова жалка височина, за да бъдеш"

« C'est une très bonne hauteur en effet ! » dit la chenille avec colère

— Наистина е много добра височина! — каза ядосано гъсеницата

et il se redressa tout en parlant

и той се изправи, докато говореше

Il mesurait exactement dix centimètres de haut

Той беше точно десет сантиметра висок

Au bout d'une minute ou deux, la chenille s'est détachée du champignon

След минута-две гъсеницата слезе от гъбата

et il s'enfonça en rampant dans l'herbe

и той изпълзя в тревата

En s'éloignant, il fit quelques petites remarques

Докато си тръгваше, той направи няколко малки забележки

« Un côté vous fera grandir »

"Едната страна ще те накара да станеш по-висок"

« Et l'autre côté te fera rapetisser »

"А другата страна ще те накара да станеш по-нисък"

« Un côté de quoi ? » pensa Alice en elle-même

"От едната страна на какво?" помисли си Алиса

« L'autre côté de quoi ? »

— Другата страна на какво?

« Le côté du champignon », dit la chenille

— Страната на гъбата — каза гъсеницата

C'était comme si elle avait posé sa question à haute voix

сякаш беше задала въпроса си на глас

et un instant plus tard, il fut hors de vue

и в друг миг той изчезна от погледа

Alice resta pensivement à regarder le champignon

Алиса продължи да гледа замислено гъбата

Elle essayait de distinguer quels étaient les deux côtés du champignon

Тя се опитваше да разбере кои са двете страни на гъбата

Enfin, elle étendit ses bras autour du champignon

Най-накрая тя протегна ръце около гъбата

Et elle cassa un peu les bords

И тя счупи малко от краищата

« Et maintenant, de quel côté est-ce ? » se dit-elle

"А сега коя страна е?" попита си тя

et elle grignota un peu du mors de la main droite

и тя захапа малко от дясната част

L'instant d'après, elle sentit un violent coup sous son menton

В следващия миг почувства силен удар под брадичката си

Son menton avait heurté son pied !

брадичката й беше ударила крака!

Elle fut bien effrayée par ce changement très soudain

Тя беше много уплашена от тази много внезапна промяна

Elle rétrécissait très rapidement

Тя се свиваше много бързо

Alors elle a rapidement mangé un peu de l'autre morceau de champignon

така че тя бързо изяде част от другото парче гъба

Son menton était très serré contre son pied

Брадичката й беше притисната много плътно към крака

Il y avait à peine de la place pour ouvrir la bouche

нямаше място да отвори устата си

mais elle parvint enfin à ouvrir la bouche

но най-накрая успя да отвори устата си

et elle avala un morceau du mors de la main gauche

и тя преглътна парченец от лявата ръка

« Ma tête a enfin été libérée ! » dit Alice

— Най-сетне главата ми е освободена! — каза Алиса

Elle baissa les yeux sur elle-même

Тя погледна надолу към себе си

mais tout ce qu'elle pouvait voir, c'était une immense longueur de cou

но всичко, което можеше да види, беше огромна дължина на врата

Son cou semblait se dresser comme une tige

вратът й сякаш се издигаше като стъбло

et elle baissa les yeux sur une mer de feuilles vertes

И тя погледна надолу към морето от зелени листа

« Où sont passées mes épaules ? »

— Къде са стигнали раменете ми?

« Et oh, mes pauvres mains, comment se fait-il que je ne puisse pas vous voir ? »

— И о, бедни мои ръце, как така не мога да те видя?
Mais son cou avait un avantage
Но вратът й имаше едно предимство
Elle pouvait bouger la tête dans n'importe quelle direction
можеше да движи главата си във всяка посока
En fait, elle était comme un serpent
Всъщност тя беше като змия
Elle zigzague gracieusement, la tête baissée
Тя грациозно наведе глава на зигзаг
et elle remua la tête à travers les arbres
И тя движеше глава между дърветата
Mais elle entendit alors un sifflement aigu
но след това чу рязко съскане
Et elle tira rapidement la tête en arrière
и бързо отдръпна глава назад
Un gros pigeon lui avait volé au visage
Голям гълъб летеше в лицето й
et le pigeon était violemment avec ses ailes
и гълъбът беше яростно с крилете си

« Serpent ! » cria le pigeon

— Змия! — извика гълъбът

« Je ne suis pas un serpent ! » dit Alice avec indignation

— Аз не съм змия! — каза възмутено Алиса

« Laisse-moi tranquille ! »

— Остави ме на мира!

« J'ai essayé les racines des arbres »

"Опитах корените на дърветата"

— Et j'ai essayé des haies, continua le pigeon

— И аз съм опитвал жив плет — продължи гълъбът

« Mais ces serpents ! Il n'y a pas moyen de leur plaire !

— Но тези змии! Няма как да им угодите!"

Alice était de plus en plus perplexe

Алиса беше все по-озадачена

« Comme si ce n'était pas assez compliqué de faire éclore les œufs », a déclaré le pigeon

— Сякаш не е достатъчно трудно да излюпвам яйцата — каза гълъбът

« Nuit et jour, je dois aussi faire attention aux serpents ! »

— Денем и нощем трябва да се грижа за змии!

« Je venais de trouver l'arbre le plus haut de la forêt »

"Току-що бях намерил най-високото дърво в гората"

« Je serais sûrement libre des serpents ici ? »

— Със сигурност щях да бъда свободен от змии тук?

« Et un serpent sort du ciel ! »

— И от небето излиза змия!

« Mais je ne suis pas un serpent, je vous le dis ! » dit Alice

— Но аз не съм змия, казвам ти! — каза Алиса

"Je suis un... Je suis un... Je suis une petite fille, ajouta-t-elle d'un air un peu dubitatif

"Аз съм... Аз съм... Аз съм малко момиченце — добави тя доста съмнително

Après tout, elle avait traversé beaucoup de changements

В края на краищата тя беше преживяла много промени

« Tu cherches des œufs », dit le pigeon

— Ти търсиш яйца — каза гълъбът

« Je le sais pertinemment »

"Знам това със сигурност"

« Et qu'importe que vous soyez une petite fille ou un serpent ? »

— И какво значение има дали си малко момиченце или змия?

— Cela m'importe beaucoup, dit Alice à la hâte

— Това е много важно за мен — каза Алиса припряно

« mais je ne cherche pas d'œufs, en l'occurrence »

"но аз не търся яйца, както се случва"

« et je ne voudrais pas de tes œufs de toute façon »

— И така или иначе не бих искал твоите яйца.

« Je n'aime pas mes œufs crus »

"Не обичам яйцата си сурови"

« Eh bien, allez-vous-en ! » dit le pigeon d'un ton boudeur

— Е, тръгвай тогава! — каза гълъбът с намръщен тон

et le pigeon se posa de nouveau dans son nid

и гълъбът се настани отново в гнездото си

Alice s'accroupit parmi les arbres du mieux qu'elle put

Алиса приклекна между дърветата, доколкото можеше

Son cou ne cessait de s'emmêler parmi les branches

вратът й продължаваше да се заплита между клоните

De temps en temps, elle devait s'arrêter et se tordre le cou

От време на време трябваше да спира и да развърта врата си

Au bout d'un moment, elle se souvint du champignon

След известно време си спомни за гъбата

Elle tenait toujours les morceaux de champignon dans ses mains

Тя все още държеше парчетата гъби в ръцете си

et elle se mit à l'œuvre avec beaucoup de soin

и тя се зае да работи много внимателно

D'abord, elle a grignoté un morceau

Първо тя захапа едно парче

puis elle grignota l'autre morceau

и след това тя захапа другото парче

Parfois, elle grandissait

понякога тя ставаше по-висока

et parfois elle devenait plus petite

и понякога ставаше по-ниска

Mais finalement, elle a atteint sa taille habituelle

но накрая тя достигна обичайната си височина

Elle n'avait pas été de sa taille depuis un certain temps

От известно време не беше на собствения си ръст

Tout m'a semblé étrange pendant un moment

Така че всичко се чувстваше странно за известно време

**« La prochaine chose à faire est d'entrer dans ce beau
jardin »**

"Следващото нещо, което трябва да направите, е да влезете
в тази красива градина"

« Comment cela se fera-t-il, je me demande ? »

— Чудя се как да стане това?

En disant cela, elle tomba sur un endroit ouvert

Като каза това, тя се натъкна на открито място

Il y avait une petite maison, un peu plus haute qu'un mètre

Имаше малка къщичка, малко по-висока от метър

« Je me demande qui habite cette petite maison »

"Чудя се кой живее в тази малка къща"

**« Je ne peux certainement pas y aller aussi grand que je le
suis »**

"Със сигурност не мога да вляза толкова голям, колкото
съм"

« Je les effrayerais terriblement ! »

— Бих ги изплашил ужасно!

alors elle grignota à nouveau le petit champignon

Затова тя отново захапа малката гъба

et bientôt elle s'abaissa de trente centimètres

и скоро тя се свлече с трийсет сантиметра

Un cochon et du poivre

Прасе и малко черен пипер

Pendant une minute ou deux, elle resta à regarder la maison

Минута-две тя стоеше и гледаше къщата

Soudain, un valet de pied sortit en courant des bois

Изведнъж един лакей изтича от гората

Il portait un uniforme de livrée spécial

Той беше облечен в специална униформа

à en juger par son seul visage, elle l'aurait traité de poisson

съдейки само по лицето му, тя щеше да го нарече риба

et il frappa bruyamment à la porte avec ses jointures

и той почука силно по вратата с кокалчетата на пръстите си

La porte fut ouverte par un autre valet de pied

вратата беше отворена от друг лакей

Ce valet de pied portait également une livrée spéciale

Този лакей също носеше специална ливрея

Ce valet de pied avait un visage rond et de grands yeux comme une grenouille

Този лакей имаше кръгло лице и големи очи като на жаба

C'est le valet de pied qui ressemblait à un poisson qui a
initié la cérémonie
Лакеят, който приличаше на риба, започна церемонията
Il sortit quelque chose de sous son bras
Той извади нещо изпод мишницата си
et il tira de dessous son bras une enveloppe
и извади изпод мишницата си плик
et cette enveloppe, il la remit à l'autre valet de pied
и този плик той предаде на другия лакей
D'un ton cérémoniel, il lui donna les ordres
С церемониален тон той му каза заповедите
« Ce message s'adresse à la duchesse »
"Това съобщение е за херцогинята"
« Une invitation de la reine à jouer au croquet »
"Покана от кралицата да играе крокет"
Le valet de pied qui ressemblait à une grenouille répéta
l'ordre
Лакеят, който приличаше на жаба, повтори заповедта
« De la reine »
"От кралицата"
« Une invitation »
"Покана"
« pour la duchesse »
"за херцогинята"
« Jouer au croquet »
"Игра на крокет"
Puis ils s'inclinèrent tous les deux
След това и двамата се поклониха ниско
et les boucles de leurs perruques s'emmêlèrent
и къдриците на перуките им се заплитаха
Bientôt, le valet de pied qui ressemblait à un poisson a
disparu
Скоро лакеят, който приличаше на риба, изчезна
Mais le valet de pied qui ressemblait à une grenouille était
toujours là
но лакеят, който приличаше на жаба, все още беше там
Il était assis par terre près de la porte

той седеше на земята близо до вратата

Il regardait bêtement le ciel

Той се взираше глупаво в небето

Alice s'approcha timidement de la porte et frappa

Алиса плахо се приближи до вратата и почука

— Il ne sert à rien de frapper, dit le valet de pied

— Няма смисъл да чукаме — каза лакеят

« Et ce, pour deux raisons »

"И това е по две причини"

« D'abord, parce que je suis du même côté de la porte que toi »

— Първо, защото съм от същата страна на вратата като теб.

« Deuxièmement, parce qu'ils font tellement de bruit à l'intérieur »

"Второ, защото вдигат толкова много шум вътре"

« Personne ne pouvait vous entendre »

"Никой не може да те чуе"

Et il y avait certainement un bruit des plus extraordinaires à l'intérieur

И със сигурност вътре се носеше необикновен шум

des hurlements et des éternuements constants

постоянно виене и кихане

et de temps en temps un bruit de grand fracas

и от време на време звук на силен трясък

comme si un plat ou une bouilloire avait été brisé en morceaux

сякаш чиния или чайник са били счупени на парчета

« Comment vais-je entrer ? » demanda Alice

— Как да вляза? — попита Алиса

— Faut-il que tu entres ? dit le valet de pied

— Трябва ли изобщо да влезеш? — попита лакеят

« C'est la première question, vous savez »

"Това е първият въпрос, нали знаеш"

Alice ouvrit la porte et entra

Алиса отвори вратата и влезе

La porte menait directement à une grande cuisine

Вратата водеше право към голяма кухня

La cuisine était pleine de fumée d'un bout à l'autre

Кухнята беше пълна с дим от единия до другия край

au milieu de la cuisine se trouvait la duchesse

в средата на кухнята беше херцогинята

Elle était assise sur un tabouret à trois pieds

Тя седеше на трикрака табуретка

et elle allaitait un bébé

и кърмеше бебе

Le cuisinier était penché au-dessus du feu

готвачът се беше навел над огъня

Il remuait un grand chaudron

Той разбъркваше голям котел

et le chaudron semblait être plein de soupe

и котелът изглеждаше пълен със супа

« Il y a certainement trop de poivre dans cette soupe ! » Alice se dit

"Със сигурност има твърде много черен пипер в тази супа!" - каза си Алиса

Elle l'a dit du mieux qu'elle a pu sans éternuer

Каза го колкото можеше, без да киха

Même la duchesse éternuait de temps en temps

Дори херцогинята кихаше от време на време

Mais les actions du bébé étaient les plus remarquables

Но действията на бебето бяха най-забележителни

Le bébé éternuait et hurlait alternativement

бебето кихаше и виеше последователно

Il n'y avait pas un instant de pause entre les hurlements et les éternuements

нямаше нито миг пауза между виенето и кихането

Il y avait deux créatures dans la cuisine qui n'éternuaient pas

В кухнята имаше две същества, които не кихаха

Le cuisinier était trop occupé pour éternuer

готвачът беше твърде зает, за да киха

et le gros chat ne semblait pas se soucier du poivre

и голямата котка изглежда нямаше нищо против пипера

Au lieu de cela, le gros chat souriait d'une oreille à l'autre

Вместо това голямата котка се усмихваше от ухо до ухо

— Pourriez-vous me le dire, s'il vous plaît, dit Alice un peu timidement

— Моля те, кажи ли ми — каза Алиса малко плахо

« Pourquoi ton chat sourit-il comme ça ? »

— Защо котката ти се усмихва така?

« C'est un Cheshire-Cat, » dit la duchesse

— Това е чеширска котка — каза херцогинята

« Et c'est pourquoi il sourit d'une oreille à l'autre »

"И затова се усмихва от ухо до ухо"

« Je ne savais pas qu'un Cheshire-Cat souriait toujours »

"Не знаех, че Чеширската котка винаги се усмихва"

« En fait, je ne savais pas que les chats pouvaient sourire », a déclaré Alice

— Всъщност не знаех, че котките могат да се усмихват — каза Алис

— Il y a beaucoup de choses que vous ne savez pas, dit la duchesse

— Има много неща, които не знаете — каза херцогинята

« Il y a beaucoup de choses que vous ne savez pas et c'est un fait »

"Има много неща, които не знаете и това е факт"

Juste à ce moment-là, le cuisinier retira le chaudron de soupe du feu

Точно тогава готвачът свали котела със супа от огъня

et aussitôt, elle commença à jeter tout ce qui était à sa portée

и веднага започна да хвърля всичко, което й беше на една ръка разстояние

elle jeta tout ce qu'elle put sur la duchesse et le bébé

хвърли всичко, което можеше по херцогинята и бебето

D'abord, elle jeta les fers à feu

Първо хвърли огнените железа

Puis elle a jeté une poignée de casseroles

След това хвърли шепа тенджери

et enfin elle jeta les assiettes et les plats

и накрая хвърли чиниите и чиниите

La duchesse ne fit pas attention à elle

Херцогинята не я забеляза

Même lorsqu'elle a été frappée par une assiette, elle ne s'est pas inquiétée

дори когато беше ударена от чиния, тя не се притесняваше

Le bébé hurlait déjà tellement

бебето вече виеше толкова много

Il était donc impossible de dire si les coups blessaient le bébé ou non

така че беше невъзможно да се каже дали ударите са наранили бебето или не

« Oh, je vous en prie, faites attention à ce que vous faites ! » s'écria Alice

— О, моля те, внимавай какво правиш! — извика Алиса

et elle sautait de haut en bas dans une agonie de terreur

и тя подскачаше нагоре-надолу в агония от ужас

la duchesse offrit le bébé à Alice

херцогинята предложи на Алис бебето

« Ici ! Tu peux allaiter un peu le bébé, si tu veux !

— Тук! Можеш да кърмиш малко, ако искаш!

et elle lui lança l'enfant tout en parlant

и тя хвърли бебето към себе си, докато говореше.

« Je dois aller me préparer à jouer au croquet avec la reine »

"Трябва да отида и да се приготвя да играя крокет с кралицата"

et elle se hâta de sortir de la chambre

и тя побърза да излезе от стаята

Alice attrapa le bébé avec quelque difficulté

Алис хвана бебето с известна трудност

parce que c'était une petite créature de forme très étrange

защото беше малко създание с много странна форма

et l'enfant tendit les bras et les jambes dans toutes les directions

и бебето протегна ръце и крака във всички посоки

« Je ferais mieux d'emmener cet enfant avec moi », pensa Alice

"По-добре да взема това дете със себе си", помисли си

Алиса

« Ils sont sûrs de tuer ce bébé dans un jour ou deux »

"Те със сигурност ще убият това бебе след ден-два"

**« Ne serait-ce pas un meurtre de laisser ce bébé derrière soi ?
»**

"Няма ли да е убийство да оставиш това бебе?"

Elle prononça les derniers mots à haute voix

Тя каза последните думи на глас

Et la petite créature grogna en réponse

и малкото същество изсумтя в отговор

**« Tu ferais mieux de ne pas te transformer en cochon, ma
chère, » dit Alice**

— По-добре не се превръщай в прасе, скъпа моя — каза
Алиса

« ou alors je n'aurai plus rien à faire avec toi »

— Иначе няма да имам нищо общо с теб.

Alice commençait à peine à penser en elle-même :

Алиса тъкмо започваше да си мисли:

**« Maintenant, que vais-je faire de cette créature, quand je la
ramène à la maison ? »**

— Сега, какво да правя с това същество, когато го прибера
у дома?

Mais alors la petite créature grogna un peu violemment

Но тогава малкото същество изсумтя леко силно

**et Alice baissa les yeux sur son visage avec une certaine
inquiétude**

и Алиса го погледна в лицето с някаква тревога

Cette fois, il ne pouvait y avoir d'erreur à ce sujet

Този път не можеше да има грешка в това

Ce n'était ni plus ni moins qu'un cochon

беше нито повече, нито по-малко от прасе

alors elle déposa la petite créature

Затова тя остави малкото същество долу

et la petite créature s'éloigna tranquillement dans le bois

и малкото същество тихо се отдалечи в гората

Alice se sentit tout à fait soulagée de voir la créature partir

Алиса почувства голямо облекчение, когато видя

същество да си отива
Alice fut un peu surprise en voyant le Chat-Cheshire
Алиса беше малко стресната, когато видя Чеширския котарак
Il était assis sur une branche d'arbre à quelques mètres de là
Седеше на клон на дърво на няколко метра от него
Le chat ne sourit que lorsqu'il la vit
Котката се усмихна само когато я видя
« Chat du Cheshire », commença Alice un peu timidement
— Чеширска котка — започна Алиса доста плахо
« Pourriez-vous s'il vous plaît me dire dans quelle direction je dois aller à partir d'ici ? »
— Бихте ли ми казали накъде да тръгна оттук?
« Dans cette direction », dit le chat
— В тази посока — каза котката
et il agita la patte droite
и размаха дясната лапа наоколо
« C'est dans cette direction que vit un fabricant de chapeaux »
"В тази посока живее производител на шапки"
puis le chat agita son autre patte
и тогава котката размаха другата си лапа
« Et dans cette direction vit un lièvre de marche »
"И в тази посока живее мартенски заек"
« Visitez l'un ou l'autre de vos goûts ; Ils sont tous les deux fous"
— Посетете каквото искате; и двамата са луди"
— Mais je ne veux pas aller parmi des fous, remarqua Alice
— Но не искам да ходя сред луди хора — отбеляза Алиса
« Oh, tu ne peux pas t'en empêcher, » dit le Chat
— О, не можеш да се сдържиш — каза Котката
« Nous sommes tous fous ici »
"Всички сме луди тук"
« Tu joues au croquet avec la reine aujourd'hui ? »
— Днес ли играеш крокет с кралицата?
— J'aimerais beaucoup, dit Alice
— Много ми се иска — каза Алиса

« mais je n'ai pas encore été invité »

"но все още не съм поканен"

« Tu me verras là-bas », dit le Chat

— Ще ме видите там — каза Котката

et d'un instant à l'autre le chat disparaissait

и от един момент на миг котката изчезваше.

bientôt Alice arriva en vue de la maison du lièvre de marche

скоро Алиса видя къщата на маршовния заек

C'était une très grande maison

Това беше много голяма къща

alors Alice ne voulait pas s'approcher de la maison

така че Алиса не искаше да се приближава до къщата

D'abord, elle a dû grignoter un peu plus du morceau de champignon du côté gauche

Първо трябваше да отхапе още малко от лявата страна на гъбата

Un thé fou

Лудо чаено парти

Devant la maison, il y avait un arbre

Пред къщата имаше дърво

et sous l'arbre, il y avait une table

а под дървото имаше маса

et la table était dressée avec toutes sortes de couverts

а масата беше подредена с всякакви прибори за хранене

Le lièvre de mars et le chapelier étaient à table

Мартенският заек и майсторът на шапки бяха на масата

et ensemble ils prenaient le thé

и заедно пиеха чай

Un loir était assis entre eux

между тях седеше сънлива мишка

et le loir dormait profondément

а сънливостта спеше дълбоко

La table était d'une taille extraordinaire

Масата беше с изключителни размери

mais la majeure partie de la table était inoccupée

но по-голямата част от масата беше незаета

Ils étaient assis serrés les uns contre les autres dans un coin de la table

Те седяха скупчени заедно в единия ъгъл на масата

et pourtant ils s'excusaient quand ils voyaient Alice

и въпреки това те се оправдаваха, когато видяха Алиса

« Pas de place ! Pas de place ! » crièrent-ils

— Няма място! Няма място! - извикаха те

« Il y a beaucoup de place ! » dit Alice avec indignation

— Има достатъчно място! — каза възмутено Алиса

À l'une des extrémités de la table, il y avait un grand fauteuil

В единия край на масата имаше голямо кресло

et Alice s'assit dans le fauteuil

а Алиса седна в креслото

Le chapelier ouvrit de grands yeux

Производителят на шапки отвори очи много широко

Il n'arrivait pas à croire ce qu'il voyait

Не можеше да повярва на това, което виждаше
Mais son esprit était curieux d'autres choses
но умът му беше любопитен за други неща
« Pourquoi un corbeau est-il comme un bureau ? »
— Защо гарванът прилича на писалището?
Alice était prête à relever le défi
Алис беше отворена за предизвикателството
« Je suis content qu'ils aient commencé à poser des énigmes »
"Радвам се, че започнаха да си задават гатанки"
— Je crois que je peux le deviner, ajouta-t-elle à haute voix
— Мисля, че мога да позная това — добави тя на глас
Le lièvre de mars s'est curieux de connaître Alice
Марширущият заек се заинтересува от Алиса
« Pensez-vous vraiment que vous pouvez trouver la réponse ? »
— Наистина ли мислиш, че можеш да намериш отговора?
— Je crois que je peux trouver la réponse, en effet, dit Alice
— Мисля, че наистина мога да намеря отговора — каза Алиса
« Alors, tu devrais dire ce que tu veux dire », continua le lièvre de marche
— Тогава трябва да кажеш това, което имаш предвид — продължи марширущият заек
— Je dis ce que je pense, répondit vivement Alice
— Казвам това, което имам предвид — припряно отвърна Алиса
« à tout le moins, je pense ce que je dis »
"Най-малкото имам предвид това, което казвам"
« C'est la même chose, vous savez »
"Това е същото, нали знаеш"
Le loir a également contribué à la conversation
Сънливостта също допринесе за разговора
mais le loir semblait parler dans son sommeil
но сънливостта сякаш говореше в съня си
« Je respire quand je dors »
"Дишам, когато спя"

« Je dors quand je respire ! »
"Спя, когато дишам!"
« Autant dire qu'ils sont les mêmes aussi »
"Може да се каже, че и те са еднакви"
« C'est la même chose pour toi », dit le chapelier
— Същото е и с теб — каза производителят на шапки
Et il versa un peu de thé sur le nez du loir
и изля малко чай в носа на сънливостта
Le Loir secoua la tête avec impatience
Сънливата поклати глава нетърпеливо
et le loir parla de nouveau, sans ouvrir les yeux
и отново заговори, без да отваря очи
« Bien sûr, bien sûr que c'est la même chose »
"Разбира се, разбира се, че е същото"
« C'est juste ce que j'allais dire moi-même »
"Точно това щях да кажа"

Le chapelier se tourna vers Alice et lui posa une autre question

Производителят на шапки се обърна към Алис и зададе друг въпрос

« As-tu déjà deviné l'énigme ? »

— Познахте ли вече загадката?

« Non, j'abandonne », a concédé Alice

— Не, отказвам се — призна Алис

« Quelle est la réponse ? » voulait-elle savoir

— Какъв е отговорът? — искаше да знае тя

— Je n'en ai pas la moindre idée, dit le chapelier

— Нямам ни най-малка представа — каза производителят на шапки

« Moi non plus, » dit le lièvre de marche

— Нито знам — каза маршовният заек

Alice poussa un soupir de lassitude

Алиса въздъхна уморено

« Il y a de meilleures utilisations du temps que des énigmes sans réponses »

"Има по-добро използване на времето, отколкото гатанки без отговори"

« Prends encore du thé », dit le lièvre de marche à Alice, très sérieusement

— Изпийте още чай — каза маршовск"ият заек на Алиса много сериозно

Alice était assez offensée par l'offre

Алис беше доста обидена от предложението

— Je n'ai pas encore pris de thé, répondit Alice

— Още не съм пила чай — отвърна Алиса

« donc je ne peux plus prendre de thé »

"Затова не мога да пия повече чай"

— Vous voulez dire que vous ne pouvez pas prendre moins de thé, dit le chapelier

— Искаш да кажеш, че не можеш да пиеш по-малко чай

— каза производителят на шапки

« C'est très facile de prendre plus que rien »

"Много е лесно да вземеш повече от нищо"

À ces mots, Alice se leva et s'en alla

При тези думи Алиса стана и си тръгна

Le loir s'endormit instantanément

Сънливостта заспала мигновено.

et ni l'un ni l'autre ne firent la moindre attention à son départ

и никой от другите не обърна ни най-малко внимание на нейното заминаване

bien qu'elle ait regardé en arrière une ou deux fois

въпреки че погледна назад веднъж или два пъти

Ils essayaient de mettre le loir dans la théière

Те се опитваха да сложат сънливостта в чайника

« En tout cas, je n'y retournerai plus ! » dit Alice

— Във всеки случай никога повече няма да отида там! — каза Алиса

et elle se fraya un chemin à travers les bois

И тя тръгна през гората

« c'était le thé le plus stupide auquel j'aie jamais assisté »

— Това беше най-глупавото чаено парти, на което съм била.

Juste au moment où elle disait cela, elle remarqua quelque chose

Точно когато каза това, тя забеляза нещо

L'un des arbres avait une porte qui y menait directement

Едно от дърветата имаше врата, водеща право към него

« C'est très intéressant ! » a-t-elle pensé

"Това е много интересно!" – помисли си тя

« Je pense que je peux aussi bien passer la porte »

"Мисля, че мога да вляза през вратата"

Et elle passa par la porte

И тя влезе през вратата.

Une fois de plus, elle se retrouva dans le long couloir

Тя отново се озова в дългата зала

de nouveau, elle était près de la petite table de verre

Тя отново беше близо до малката стъклена масичка

Elle prit la petite clé d'or

Тя взе малкия златен ключ

et elle ouvrit la porte qui donnait sur le jardin

и отключи вратата, която водеше към градината

Puis elle s'est mise au travail pour grignoter le champignon

След това се зае да гризе гъбата

Elle avait gardé un morceau du champignon dans sa poche

Беше държала парче от гъбата в джоба си

Et finalement, elle mesurait environ un mètre

и накрая беше висока около метър

Puis elle descendit le petit couloir

След това тръгна по малкия коридор

Et puis elle s'est finalement retrouvée dans le magnifique jardin

И тогава най-накрая се озова в красивата градина

et elle était parmi les fleurs brillantes et les fontaines fraîches

и тя беше сред ярките цветя и хладните фонтани

Le terrain de croquet de la reine

Игрището за крокет на кралицата

Un grand rosier se dressait près de l'entrée du jardin

Голямо розово дърво стоеше близо до входа на градината

Les roses qui poussaient sur l'arbre étaient blanches

Розите, които растяха на дървото, бяха бели

Mais il y avait trois jardiniers qui peignaient la rose

Но имаше трима градинари, които рисуваха розата

Ils étaient occupés à peindre les roses en rouge

Те усърдно боядисваха розите в червено

et Alice les regardait peindre les roses en rouge

а Алиса ги гледаше как боядисват розите в червено

et soudain leurs yeux tombèrent par hasard sur Alice

и изведнъж очите им случайно паднаха върху Алиса

Alice parlait un peu timidement

Алиса заговори малко плахо

« Pourriez-vous me le dire, s'il vous plaît ? »

— Бихте ли ми казали, моля.

« Pourquoi peignez-vous tous ces roses ? »

— Защо всички рисувате тези рози?

cinq et sept ne dirent rien, mais regardèrent deux

Пет и седем не казаха нищо, но погледнаха две

deux d'entre eux parlèrent à voix basse

двама говориха с тих глас

— Eh bien, le fait est, voyez-vous, madame.

— Ами, факт е, разбирате ли, госпожо.

« Celui-ci aurait dû être un rosier rouge »

— Това тук трябваше да е червено розово дърво.

« Et nous avons mis un rosier blanc par erreur »

"И по погрешка сложихме бяло розово дърво"

« Comme vous en conviendrez, la reine ne doit pas le découvrir »

"Както бихте се съгласили, кралицата не трябва да разбере"

« Sinon, nous aurions tous la tête tranchée »

"В противен случай на всички щяхме да си отрежем главите"

« Alors vous voyez, madame, nous faisons de notre mieux »

— Виждате ли, госпожо, даваме най-доброто от себе си.

La cinquième carte avait regardé anxieusement à travers le jardin

Карта пета тревожно гледаше през градината

À ce moment, la cinquième carte cria : « La dame ! La reine !

В този момент петата карта извика: "Царицата! Кралицата!"

Et les trois jardiniers s'enfuirent aussitôt

и тримата градинари мигновено се втурнаха

et ils se jetèrent à plat ventre

и те се хвърлиха по лица

Il y eut un bruit de nombreux pas

Чу се много стъпки

Alice regarda autour d'elle, impatiente de voir la reine

Алиса се огледа наоколо, нетърпелива да види кралицата

Au début de la procession se trouvaient dix soldats

В началото на шествието бяха десет войници

leurs mains et leurs pieds étaient dans les coins

ръцете и краката им бяха в ъглите

et dans leurs mains et leurs pieds étaient des massues

и в ръцете и краката им имаше тояги

Venaient ensuite les dix courtisans

След това дойдоха десетте придворни

Les courtisans étaient partout ornés de diamants

придворните бяха украсени навсякъде с диаманти

Après les courtisans sont venus les enfants royaux

След придворните дойдоха царските деца

Il y avait dix enfants royaux

Имаше десет от кралските деца

et tous les enfants royaux étaient ornés de cœurs

и всички царски деца бяха украсени със сърца

Venaient ensuite les invités ; principalement des rois et des reines

След това дойдоха гостите; предимно крале и кралици

et parmi les rois et la reine, Alice vit quelqu'un

и сред кралете и царицата Алиса видя някой

Elle revit le lapin blanc qu'elle avait chassé
Тя отново видя белия заек, когото беше преследвала.
Le cortège était suivi par le valet de cœur
Шествието беше последвано от измамника на сърцата
Il portait la couronne du roi
Той носеше кралската корона
et la couronne du roi était sur un coussin de velours cramoisi
а короната на краля беше върху пурпурна кадифена
възглавница
Et puis vint la fin de ce grand cortège
И тогава дойде краят на това грандиозно шествие
Et là, à la fin, il y avait le Roi et la Reine de Cœur
и там в края бяха кралят и царицата на сърцата
le cortège arriva en face d'Alice
процесията дойде срещу Алис
et ils s'arrêtèrent tous et la regardèrent
и всички спряха и я погледнаха
et la reine dit sévèrement : « Qui est-ce ? »
и царицата каза строго: "Кой е този?"
Elle l'a dit au Valet de Cœur
Тя го каза на Веела на сърцата
Mais il s'est contenté de s'incliner et de sourire en réponse
Но той само се поклони и се усмихна в отговор
Alice parla très poliment
Алиса говори много учтиво
« Je m'appelle Alice, alors faites plaisir à Votre Majesté »
"Казвам се Алис, така че моля Ваше Величество"
Mais elle avait d'autres pensées pour elle-même
но имаше други мисли за себе си
« Ce n'est qu'un jeu de cartes, après tout ! »
— В края на краищата те са само тесте карти!
« Savez-vous jouer au croquet ? » cria la reine
— Можеш ли да играеш крокет? — извика кралицата
La question était évidemment destinée à Alice
Въпросът очевидно беше предназначен за Алис
— Oui ! dit Alice d'une voix forte
— Да! — каза Алиса високо

« Venez jouer alors ! » rugit la reine

— Елате да играете тогава! — изрева кралицата

une voix timide s'adressa à Alice

плах глас заговори на Алис

« C'est une très belle journée ! »

"Много хубав ден е!"

Elle se promenait près du lapin blanc

Тя вървеше покрай белия заек

et le Lapin Blanc jetait un coup d'œil anxieux sur son visage

а Белият заек надничаше тревожно в лицето й

« Une très belle journée, en effet, confirma Alice

— Наистина много хубав ден — потвърди Алиса

« Où est la duchesse ? »

— Къде е херцогинята?

« Chut ! Chut ! dit le Lapin

— Тихо! Тихо! — каза Заекът

« Elle est sous le coup d'une sentence d'exécution »

"Тя е осъдена на екзекуция"

« Pourquoi est-elle exécutée ? » demanda Alice

— За какво я екзекутират? — попита Алиса

« Elle a éraflé les oreilles de la reine », commença le lapin

— Тя изтърка ушите на кралицата — започна заекът

cria la reine d'une voix de tonnerre

Кралицата извика с гръмотевичен глас

« Retournez à vos endroits ! »

"Отидете на местата си!"

et les gens se mirent à courir dans toutes les directions

и хората започнаха да тичат във всички посоки.

et ils tombèrent tous les uns contre les autres

и всички се преобърнаха един в друг.

Cependant, ils se sont calmés en une minute ou deux

Те обаче се успокоиха за минута или две

Et puis le jeu a commencé

И тогава играта започна

Alice n'avait jamais vu un terrain de croquet aussi curieux

Алиса никога не беше виждала толкова любопитно
игрище за крокет

L'herbe n'était que crêtes et sillons

тревата беше цялата хребети и бразди

Les boules de croquet étaient de vrais hérissons

Топките за крокет бяха истински таралежи

Et les maillets étaient de vrais flamants roses

А чуковете бяха истински фламинго

et les soldats se tinrent sur leurs mains et leurs pieds

и войниците стояха на ръце и крака

Parce que les arches ont été faites à partir de leurs corps

защото арките са направени от техните тела

Les joueurs ont tous joué en même temps

Всички играчи играха наведнъж

Personne n'attendait son tour

никой не чакаше реда им

et tout le monde se querellait avec tout le monde

и всички се скараха с всички

et tous se battaient pour les hérissons

и всички се биеха за таралежите

Bientôt, la reine fut dans une colère furieuse

Скоро кралицата изпаднала в яростна страст

et elle s'est mise à piétiner et à crier

и тя започна да тропа наоколо и да крещи

« Coupez-lui la tête ! »

— Отрежете му главата!

« Coupez-lui la tête ! »

— Отрежете й главата!

« Coupez-leur la tête ! »

— Отрежете им главите!

De nouveau, Alice pensa en elle-même

Алиса отново си помисли

« Ils sont affreusement friands de décapiter les gens ici »

"Те ужасно обичат да обезглавяват хора тук"

« Ce qui est très étonnant, c'est qu'il reste quelqu'un en vie !
»

"Голямото чудо е, че има някой останал жив!"

Elle cherchait un moyen de s'échapper

Тя търсеше някакъв начин за бягство

Elle remarqua une curieuse apparition dans l'air

Тя забеляза любопитна поява във въздуха

« C'est le chat du Cheshire », se dit-elle

"Това е чеширската котка", каза си тя

« maintenant j'aurai quelqu'un à qui parler »

"Сега ще имам с кого да говоря"

« Comment vas-tu ? » dit le chat

— Как си? — попита котката

« Je ne pense pas qu'ils jouent du tout équitablement », a déclaré Alice

"Не мисля, че играят изобщо честно", каза Алис

et elle avait un ton plutôt plaintif

и имаше доста оплакващ тон

« Ils se querellent tous si affreusement »

"Всички се карат толкова ужасно"

« On ne s'entend pas parler »

"Човек не може да чуе себе си да говори"

« Et ils ne semblent pas jouer selon des règles »

"И изглежда не играят по никакви правила"

le chat a posé une question à Alice à voix basse

котката зададе въпрос на Алис с тих глас

« Comment aimez-vous la reine ? »

— Как ти харесва кралицата?

— Je ne l'aime pas du tout, dit Alice

— Изобщо не я харесвам — каза Алис

Alice pensa qu'elle ferait aussi bien d'y retourner

Алиса си помисли, че може да се върне

Elle voulait voir comment le match se passait

Искаше да види как върви играта

Elle est partie à la recherche de son hérisson

Тя тръгна да търси таралежа си

Le hérisson était occupé à combattre un autre hérisson

Таралежът беше зает да се бори с друг таралеж

C'était une excellente occasion

Това беше отлична възможност

Elle pouvait croquer un hérisson avec l'autre

можеше да крокетира единия таралеж с другия

Mais son flamant rose était de l'autre côté du jardin

но фламингото й беше от другата страна на градината

Le flamant rose était plutôt maladroit

Фламингото беше доста тромаво

Son flamant rose essayait de s'envoler dans un arbre

Фламингото й се опитваше да полети на дърво

Elle attrapa le flamant rose par la patte

Тя хвана фламингото за крака

Et elle glissa le flamant rose sous son bras

И тя прибра фламингото под мишницата си

De cette façon, le flamant rose ne pouvait plus s'échapper

По този начин фламингото не можеше да избяга отново

Juste à ce moment-là, Alice rencontra la duchesse

Точно тогава Алиса случайно срещна херцогинята

La duchesse était maintenant sortie de prison

Херцогинята вече беше излязла от затвора

Elle glissa affectueusement son bras sous celui d'Alice

Тя нежно пъхна ръката си под мишницата на Алис

puis ils sont partis ensemble

и след това си тръгнаха заедно

Alice était très heureuse de la trouver d'une humeur si agréable

Алиса много се зарадва, че я намери в толкова приятен нрав

Elle était cependant un peu surprise

Тя обаче беше малко стресната

Elle entendit la voix de la duchesse près de son oreille

Тя чу гласа на херцогинята близо до ухото си

« Tu penses à quelque chose, ma chérie »

- Мислиш за нещо, скъпа моя.

« Et ça fait oublier de parler »

"И това те кара да забравиш да говориш"

« Le jeu se passe un peu mieux maintenant », a déclaré Alice

"Мачът върви доста по-добре сега", каза Алис

C'était une façon de poursuivre la conversation

Това беше един от начините да се поддържа разговорът

— C'est vrai, dit la duchesse

— Наистина е така — каза херцогинята

« Et la morale de cela est la suivante : »

"И поуката от това е следната:

« C'est l'amour qui fait tout ! »

"Любовта е тази, която прави всичко!"

« L'amour est ce qui fait tourner le monde »

"Любовта е това, което кара света да се върти"

Alice avait une autre explication

Алис имаше друго обяснение

« C'est fait par tout le monde qui s'occupe de ses propres affaires ! »

— Прави се от всеки, който си гледа работата!

— Ah ! Vous pourriez avoir raison"

— А, добре! Може и да си прав"

— Tout cela signifie à peu près la même chose, dit la duchesse

— Всичко това означава почти едно и също нещо — каза херцогинята

et elle enfonça son petit menton pointu dans l'épaule d'Alice

и тя заби острата си брадичка в рамото на Алис

« Et la morale de cela est la suivante »

"И поуката от това е следната"

« Prendre soin du sens »

"Погрижете се за сетивата"

« Et puis les sons prendront soin d'eux-mêmes »
"И тогава звуците ще се погрижат за себе си"
Mais alors le bras de la duchesse se mit à trembler
но тогава ръката на херцогинята започна да трепери
Alice leva les yeux et la reine se tenait là
Алиса вдигна поглед и там стоеше кралицата
La reine avait les bras croisés
Кралицата беше със скръстени ръце
Et elle fronçait les sourcils comme un orage !
и тя се мръщеше като гръмотевична буря!
« Je vous préviens », cria la reine
— Справедливо ви предупреждавам — извика кралицата
et elle piétina le sol tout en parlant
и тя тропна по земята, докато говореше.
« Soit ta tête, soit sa tête doit être coupée »
"Или главата ти, или главата й трябва да е изключена"
« Faites votre choix ! »
"Направете своя избор!"
« Et soyez rapide à ce sujet »
"И бъдете бързи"
La duchesse fait son choix
Херцогинята направи своя избор
et au bout d'un instant la duchesse avait disparu
и след миг херцогинята изчезна
Puis la reine s'adressa à Alice
Тогава кралицата заговори с Алис
« Continuons le jeu »
"Да продължим с играта"
Alice était trop effrayée pour dire un mot
Алиса беше твърде уплашена, за да каже и дума
et elle la suivit lentement jusqu'au terrain de croquet
и тя бавно я последва обратно към игрището за крокет.
Pendant tout ce temps, la reine s'est querellée avec les autres joueurs
през цялото време царицата се кареше с другите играчи
« Coupez-lui la tête ! »
— Отрежете му главата!

« Coupez-lui la tête ! »

— Отрежете й главата!

« Coupez-leur la tête ! »

— Отрежете им главите!

Bientôt, tous les joueurs ont été en garde à vue

Скоро всички играчи бяха задържани

il ne restait que le roi, la reine et Alice

останаха само кралят, кралицата и Алиса

Puis la reine s'en alla, tout à fait essoufflée

След това кралицата си тръгна, съвсем задъхана

et elle s'en alla avec Alice

и си тръгна с Алис

Alice entendit le roi dire quelque chose

Алиса чу краля тихо да казва нещо

« Vous êtes tous pardonnés »

"Всички сте помилвани"

Mais soudain, un autre cri se fit entendre

но изведнъж се чу друг вик

« Le procès commence ! »

"Процесът започва!"

et Alice courut avec les autres

и Алиса хукна заедно с останалите

Qui a volé les tartes ?

Кой открадна тартите?

Le roi et la reine de cœur étaient assis

Царят и царицата на сърцата седяха

ils étaient sur leur trône quand Alice arriva

те бяха на трона си, когато Алиса пристигна

Il y avait une grande foule rassemblée autour d'eux

около тях се събра голяма тълпа

Il y avait toutes sortes de petits oiseaux et de bêtes

имаше всякакви малки птици и зверове

Et il y avait tout le paquet de cartes

И там беше цялото колоде карти

Le coquin se tenait devant eux, enchaîné

Мошеникът стоеше пред тях, във вериги

et il y avait un soldat de chaque côté pour le garder

и имаше по един войник от всяка страна, който да го пази

près du roi était le lapin blanc

близо до краля беше белият заек

Il avait une trompette dans une main

Той държеше тромпет в едната си ръка

et il avait un rouleau de parchemin dans l'autre main

а в другата ръка имаше свитък от пергамент

Au milieu de la cour se trouvait une table

В средата на двора имаше маса

Sur la table, il y avait un grand plat de tartes

На масата имаше голямо ястие с тарти

« J'aimerais qu'ils fassent le procès », pensa Alice

"Иска ми се да бяха приключили процеса", помисли си Алиса

« Alors nous pourrions manger quelques-uns de ces rafraîchissements ! »

"Тогава бихме могли да изядем някои от тези освежителни напитки!"

Le juge, soit dit en passant, était le roi

Съдията, между другото, беше кралят

et il portait sa couronne sur sa grande perruque

и носеше короната си върху голямата си перука.

« C'est le banc des jurés, pensa Alice

— Това е съдебната ложа — помисли си Алиса

« Et ces douze créatures, je suppose qu'elles sont les jurés »

— И тези дванадесет същества, предполагам, че са съдебните заседатели.

certains étaient des animaux, et d'autres étaient des oiseaux

някои са били животни, а други са били птици

Juste à ce moment-là, le lapin blanc a crié

Точно тогава белият заек извика

« Silence dans la cour ! »

"Тишина в съда!"

« Héraut, lisez l'accusation ! » dit le roi

— Вестителю, прочети обвинението! — каза кралят
Le lapin blanc souffla trois coups de trompette
Белият Заек наду три удара по тръбата
Puis il déroula le parchemin
След това разгъна пергаментния свитък
Et il a lu ce qui suit :
и той прочете следното:
« La reine de cœur, elle a fait des tartes, »
"Кралицата на сърцата, тя направи няколко тарти",
« Tout cela, elle l'a fait un jour d'été »
"Всичко това тя направи в един летен ден"
« Le valet de cœur, il a volé ces tartes »
"Мошеникът на сърцата, той открадна тези тарти"
« Et il a emporté ces tartes loin ! »
— И той отнесе тези тарти далеч!
« Appelez le premier témoin », dit le roi
— Повикайте първия свидетел — каза кралят
et le lapin blanc souffla trois coups de trompette
и белият заек наду три звука на тръбата
« Amenez le premier témoin ! » cria-t-il
— Доведете първия свидетел! — извика той
Le premier témoin était le chapelier
Първият свидетел беше производителят на шапки
Il entra avec une tasse de thé dans une main
Той влезе с чаша чай в едната си ръка
et il avait un morceau de pain et de beurre dans l'autre main
и имаше парче хляб и масло в другата ръка
« Tu aurais dû finir », dit le roi
— Трябваше да приключиш — каза кралят
« Quand avez-vous commencé ? »
— Кога започна?
Le chapelier regarda le lièvre de marche
Производителят на шапки погледна маршовия заек
Le lièvre de marche l'avait suivi dans la cour
Маршовият заек го беше последвал в двора
Il avait marché bras dessus bras dessous avec le loir
Той вървеше ръка за ръка със сънливостта

« Le quatorzième mars, je crois, dit-il

"Четиринадесети март, мисля, че беше", каза той

« Rendez votre témoignage », dit le roi

— Дайте показанията си — каза кралят

« Et ne sois pas nerveux, ou je te ferai exécuter sur-le-champ »

"И не се нерви, иначе ще те екзекутират на място"

Cela n'a pas semblé encourager du tout le témoin

Това изобщо не окуражава свидетеля

Il n'arrêtait pas de se déplacer d'un pied sur l'autre

Той продължаваше да се движи от единия крак на другия

et il regarda la reine avec inquiétude

и погледна неспокойно кралицата

et, dans sa confusion, il mordit un gros morceau de sa tasse de thé

и в объркване той отхапа голямо парче от чашата си

En réalité, il voulait croquer dans son pain et son beurre

наистина той искаше да отхапе от хляба и маслото си

Juste à ce moment, Alice éprouva une sensation très curieuse

Точно в този момент Алиса изпита много любопитно усещане

Elle commençait à grossir à nouveau

Тя отново започваше да става по-голяма

Le misérable chapelier laissa tomber sa tasse de thé

Нещастният производител на шапки изпусна чашата си

et le pain et le beurre tombèrent à terre

и хлябът и маслото паднаха на земята

et il mit un genou à terre

и падна на едно коляно

« Je suis un pauvre homme, Votre Majesté », a-t-il commencé

— Аз съм беден човек, ваше величество — започна той

« Vous êtes un bien mauvais orateur, » dit le roi

— Вие сте много лош оратор — каза кралят

« Tu peux y aller, » dit le roi

— Можете да тръгнете — каза кралят

et le chapelier quitta précipitamment la cour

и майсторът на шапки бързо напусна двора

« Appelez le témoin suivant ! » dit le roi

— Повикайте следващия свидетел! — казал царят

Le témoin suivant fut le cuisinier de la duchesse

Следващият свидетел беше готвачът на херцогинята

Elle portait la poivrière à la main

Тя носеше кутията с пипер в ръката си

et les gens près de la porte se mirent à éternuer tout à coup

и хората близо до вратата започнаха да кихат изведнъж

« Rendez votre témoignage », dit le roi

— Дайте показанията си — каза кралят

— Je ne donnerai aucun témoignage, dit le cuisinier

— Няма да дам никакви показания — каза готвачът

Le roi regarda anxieusement le lapin blanc

Царят погледна тревожно белия заек

Et le lapin blanc parlait d'une voix douce

и белият заек заговори с тих глас

« Votre Majesté doit contre-interroger ce témoin »

"Ваше Величество трябва да подложи на кръстосан разпит този свидетел"

« Eh bien, s'il le faut, il le faut, » dit le roi

— Е, ако трябва, трябва — каза кралят

« De quoi sont faites les tartes ? »

"От какво са направени тартите?"

« Les tartes sont faites de poivre, principalement », a déclaré le cuisinier

"Тартите се правят предимно от черен пипер", каза готвачът

Pendant quelques minutes, toute la cour fut dans la confusion

В продължение на няколко минути целият двор беше в объркване

Finalement, ils se sont tous calmés

В крайна сметка всички се успокоиха отново

Mais à ce moment-là, le cuisinier avait disparu

но дотогава готвачът беше изчезнал

« N'importe ! » dit le roi

— Няма значение! — каза кралят

« Appel à la barre du prochain témoin »

"Призовавайте на трибуната следващия свидетел"

Alice regarda le lapin blanc qui tâtonnait sur la liste

Алиса наблюдаваше белия заек, докато той ровеше в списъка

Vous pouvez imaginer sa surprise à ce qu'elle a entendu ensuite

можете да си представите изненадата й от това, което чу след това

à tue-tête de sa petite voix aiguë, il appela le nom « Alice ! »

с пълния си писклив глас той извика името "Алис!"

« Ici ! » s'écria Alice

— Тук! — извика Алиса

Elle se leva d'un bond en toute hâte

Тя скочи много бързо

et elle renversa le banc des jurés

и тя преобърна ложата на съдебните заседатели

et elle renversa tous les jurés

и събори всички съдебни заседатели

et ils tombèrent sur la tête de la foule en bas

И те паднаха върху главите на тълпата долу

Alice était dans un grand désarroi

Алиса беше в голям ужас

« Oh ! je vous demande pardon ! » s'écria-t-elle

— О, моля за извинение! — възкликна тя

« Le procès ne peut pas avoir lieu », dit le roi

— Процесът не може да продължи — каза кралят

« Les jurés doivent retourner à leur place »

"Съдебните заседатели трябва да се върнат на местата си"

Il répéta l'ordre avec beaucoup d'emphase

той повтори заповедта с голямо наблягане

et il regarda Alice d'un air sévère

и той погледна Алиса строго

« Que savez-vous de ces événements ? » demanda le roi à Alice

— Какво знаеш за тези събития? — попита кралят Алиса

— Je ne sais rien à ce sujet, dit Alice

— Не знам нищо по въпроса — каза Алиса

Le roi lut ensuite un extrait de son livre

След това кралят прочете от книгата си

« Règle quarante-deux »

"Правило четиридесет и второ"

« Toutes les personnes de plus d'un kilomètre de haut doivent quitter le tribunal »

"Всички лица на височина над една миля трябва да напуснат съда"

« **Je ne suis pas à un mille de haut,** » dit Alice

— Не съм висока и една миля — каза Алис

« **Près de deux milles de haut** », dit la reine

— Почти две мили висок — каза кралицата

— **Eh bien, je refuse d'y aller, dit Alice**

— Е, отказвам да отида — каза Алиса

Le roi pâlit

Кралят пребледнял

et il ferma précipitamment son carnet

и той бързо затвори бележника си

« **Considérez votre verdict** », a-t-il dit au jury

"Обмислете присъдата си", каза той на съдебните
заседатели

Il parlait d'une voix basse et tremblante

Той заговори с нисък, треперещ глас

Puis le lapin blanc prit la parole

тогава белият заек проговори

« **Il y a encore plus de preuves à venir** »

"Предстоят още доказателства"

et il se leva d'un bond en toute hâte

и той скочи в голяма бързина
« Ce papier vient d'être retiré »
"Тази статия току-що беше взета"
« On dirait que c'est une lettre écrite par le prisonnier »
"Изглежда, че това е писмо, написано от затворника"
Il déplia le papier tout en parlant
Той разгъна листа, докато говореше
« Ce n'est pas une lettre, après tout »
"В края на краищата това не е писмо"
« Ce que c'était, c'était un ensemble de versets »
"Това, което беше, беше набор от стихове"
« S'il vous plaît, Votre Majesté », dit le coquin
— Моля ви, ваше величество — каза мошеникът
« Je n'ai pas écrit ces vers »
"Аз не съм написал тези стихове"
« et ils ne peuvent pas prouver que j'ai écrit quoi que ce soit »
"и не могат да докажат, че съм написал нещо"
« Il n'y a pas de nom signé à la fin »
"Няма подписано име в края"
Le roi parla au fripon
Царят говори на мошеника
« Vous avez dû vouloir causer des méfaits »
— Сигурно си искал да причиниш някаква пакостиня.
« Sinon, tu aurais signé ton nom comme un honnête homme »
"Иначе щеше да се подпишеш като честен човек"
Il y eut un claquement général de mains
Последва общо пляскане с ръце
Et le roi se tourna vers le lapin blanc
и царят се обърна към белия заек
« Lisez les vers », ordonna-t-il
— Прочети стиховете — заповяда той
Il y eut un silence de mort dans la cour
В съда настъпи мъртва тишина
et le lapin blanc lut les versets
и белият заек прочете стиховете

Ils m'ont dit que vous étiez allé chez elle

Казаха ми, че си бил при нея.

Et ils lui parlèrent de moi

И те му споменаха за мен

Elle m'a donné un bon caractère

Тя ми даде добър характер

Mais elle a dit que je ne savais pas nager

Но тя каза, че не мога да плувам

Il leur a fait savoir que je n'étais pas parti

Той им изпрати съобщение, че не съм отишъл

Nous savons que c'est vrai

Знаем, че е истина.

Si elle poussait l'affaire, que deviendriez-vous ?

Ако тя продължи въпроса, какво ще стане с вас?

Je lui en ai donné un, ils lui en ont donné deux

Аз й дадох една, те му дадоха две

Vous nous en avez donné trois ou plus

Ти ни даде три или повече

Ils sont tous revenus de sa part vers vous

Всички те се върнаха от него при теб.

bien qu'ils aient été les miens avant

въпреки че преди бяха мои,

Si j'avais la chance d'être

Ако аз или тя трябва да бъда

Si j'étais impliqué dans cette affaire

Ако аз или тя бях замесен в тази афера,

Il compte en vous pour les libérer

Той ти се доверява да ги освободиш

Exactement comme nous étions

Точно такива, каквито бяхме

Mon idée, c'est que vous aviez été

Моята представа беше, че ти си била.

Avant qu'elle n'ait cette crise

Преди да получи този пристъп

Un obstacle qui s'est dressé entre

Препятствие, което се появи между

Lui, et nous-mêmes, et cela

И той, и ние, и той.

Ne lui faites pas savoir qu'elle les aimait mieux

Не му позволявай да знае, че ги харесва най-много

Car cela doit être à jamais un secret, caché à tous les autres

Защото това трябва да бъде завинаги тайна, пазена от всички останали

Ce secret doit rester un secret entre vous et moi

Тази тайна трябва да остане тайна между теб и мен.

Le roi était très impressionné

Кралят беше много впечатлен

« C'est la preuve la plus importante que nous ayons entendue jusqu'à présent »

"Това е най-важното доказателство, което сме чували досега"

— Je ne crois pas que ces vers aient un atome de sens, objecta Alice

— Не вярвам, че тези стихове носят атом от смисъл — възрази Алиса

le roi avait sa propre opinion sur la question

кралят имаше свое мнение по въпроса

« S'il n'y a pas de sens dans ces mots, cela sauve un monde de problèmes »

"Ако няма смисъл в тези думи, това спасява цял свят от неприятности"

« Alors nous n'avons pas besoin d'essayer de trouver le sens »

"Тогава не е нужно да се опитваме да намерим смисъла"

« Laissons le jury délibérer sur son verdict »

"Нека съдебните заседатели обсъдят присъдата си"

« Non, non ! » dit la reine

— Не, не! — каза кралицата

« La condamnation d'abord, le verdict ensuite »

"Първо произнасяне на присъда, след това присъда"

« Des bêtises et des bêtises ! » dit Alice à haute voix

— Глупости и глупости! — каза Алиса високо

« Comme il est stupide de condamner l'accusé en premier ! »

"Колко глупаво е да осъдиш подсъдимия пръв!"

« Tais-toi ! » dit la reine en devenant violette

— Млъкни — каза царицата и почервеняла

« Je ne me tairai pas ! » dit Alice

— Няма да си държа езика! — каза Алиса

cria la reine à tue-tête

Кралицата извика с пълен глас

« Coupez-lui la tête ! »

— Отрежете й главата!

Personne n'a fait un mouvement

Никой не направи движение

« Qui se soucie de ce que vous dites ? » dit Alice

— На кого му пука какво казвате? — попита Алиса

Elle avait atteint sa taille maximale à ce moment-là

По това време тя беше пораснала до пълния си размер

« Tu n'es rien d'autre qu'un jeu de cartes ! »

— Ти не си нищо друго освен тесте карти!

À ces mots, toutes les cartes se levèrent dans les airs

При това всички карти се издигнаха във въздуха

et toutes les cartes s'abattaient sur elle

и всички карти полетяха върху нея
Elle poussa un petit cri
Тя изкрещя леко,
Elle était à moitié effrayée, mais aussi en colère
Тя беше наполовина уплашена, но и ядосана
Et elle a essayé de se battre contre les cartes
И тя се опита да се пребори със себе си
puis elle se retrouva allongée sur le talus d'herbe
и тогава се озова да лежи на тревния бряг
Sa tête était sur les genoux de sa sœur
главата й беше в скута на сестра й.
Des feuilles mortes s'étaient posées sur son visage
Няколко мъртви листа бяха паднали върху лицето й
et sa sœur balayait doucement les feuilles
а сестра й нежно избърсва листата
« Réveille-toi, ma chère Alice ! » dit sa sœur
— Събуди се, Алис, скъпа! — каза сестра й
« Quel long sommeil tu as eu ! »
— Какъв дълъг сън имахте!
« Oh, j'ai fait un rêve si curieux ! » dit Alice
— О, сънувах толкова странен сън! — каза Алиса
Et elle raconta à sa sœur tout ce qu'elle pouvait se rappeler
И разказа на сестра си всичко, което можеше да си спомни
toutes les étranges aventures que vous venez de lire
всички странни приключения, за които току-що
прочетохте
Alice se leva et s'enfuit en courant
Алис стана и побягна
et elle pensait, tout en courant, à son rêve
и докато тичаше, тя си мислеше за съня си
« Quel rêve merveilleux cela avait été ! »
— Какъв прекрасен сън беше!